3분만에 행복해지는

유머긍정力

3분만에 행복해지는
유머긍정力

최규상 지음

초판 1쇄 발행 | 2011년 7월 7일
초판 11쇄 발행 | 2013년 2월 21일

발행처 | 도서출판 작은씨앗
공급처 | 도서출판 보보스
발행인 | 김경용
책임편집 | 조은지

등록번호 | 제300-2004-187호
등록일자 | 2003년 6월 24일

주소 서울시 서초구 서초동 1455-17 서초대우디오빌 1008호
전화 (02)333-3773 팩스 (02)735-3779
이메일 | ky5275@hanmail.net

ISBN 978-89-6423-130-2 13810

3분 만에
행복해지는
유머
긍정力

최규상 지음

작은씨앗

"하하하 드디어 제 인생에 한방이 왔습니다.
로또 아닙니다.
세수와 머리감는 것이 한방에 됩니다. 하하하"

LG 전자 배형진부장의 자기소개 인사말입니다.
살짝 벗겨진 대머리를 웃음소재로 삼을 줄 아는
그의 여유있는 유머는 긍정의 매력을 한껏 뿜어냅니다.
얼마 전에 만났을 때 그의 위트는 한층 농익어 있었습니다.
"하하하 머리가 벗겨지니 너무 좋습니다.
요즘은 어디를 가나 사장 대접을 받습니다."

몇 년 전에 라디오에서 우연히 접했던 가수 박일준 씨의 한마디.
그는 어렸을 때 얼굴이 까만 탓에 친구들에게 놀림을 받았습니다.

하지만 그는 놀림을 받을 때마다 이런 말로 튕겨냅니다.
"세상에 검은 것은 다 좋은거 알아?
 검은 깨, 검은 콩, 검은 닭, 검은 돼지 등
 당연히 사람도 검은 사람이 더 멋지고 좋다. 하하하"

박일준씨의 이 유머멘트를 듣고 나서
곧바로 검은 얼굴피부로 한가닥하는 저도 유머조미료를
듬뿍 발라 맛을 냈습니다.
"얼굴 검은 것은 정말 축복이다.
 하나님이 사람을 만들려고 흙을 빚어 오븐에 넣었는데
 깜빡 꺼내는 것을 잊어버려 너무 늦게 꺼내 시커멓게 타버렸다.
 그래서 흑인이 되었다.
 다시 흙을 빚어 오븐에 넣고 실수하지 않으려고
 성급한 탓에 이번에는 너무 빨리 꺼내 하얀 백인이 되었다.
 두 번의 실수를 거듭해
 이번에는 알맞은 시간에 꺼낸 것이 바로 걸작품 황인종이다.

나의 이 거무튀튀한 피부는 하나님의 걸작품이다. 하하하"

세상을 살다보면 어떤 이는
부정적인 생각에 발목이 잡혀 한 발걸음도 나아가지 못하며
부정의 웅덩이에서 헤매며 자신의 능력을 제대로 펼치지 못합니다.
하지만 어떤 이는
부정적인 생각의 멱살을 쥐어 잡고 멋진 결전을 치릅니다.
그리고 기어이 부정적인 생각을 밖으로 튕겨내며
긍정을 만들어내고 유머를 통해 한바탕 걸지게 놀아버립니다.

저는 어느 누구보다도 부정적인 생각과 태도로
오랫동안 세상을 바라봤습니다.
당연히 내 자신까지 부정적으로 바라 보았고
그 탓에 늘 인생은 아프기만 하고 무기력하기만 했습니다.
하지만 유머를 즐기는 순간,
그토록 그리워했던 긍정을 맛보았고

세상을 무지개처럼 곱게 바라볼 수 있게 되었습니다.
긍정의 극치는 유머에 있었던 것입니다.
이 책은 내 마음속에 긍정무지개를 펼수있도록 도와주었던
수많은 유머긍정사례들을 아낌없이 보여줄 것입니다.

이 긍정유머의 진수성찬에 여러분은
그저 마음을 비우고 즐기기만 하면 됩니다.
그러면 어느새 마음의 웅덩이가 채워지고
단점이 장점으로 아픔이 기쁨으로 치유되는 기적을 맛볼 것입니다.
한마디로 아름다운 무지개 하나 마음속에 걸어놓게 될 것입니다.

비가 억수로 쏟아지는 날에는 좋은 우산을 준비해야 하며
눈이 펑펑 쏟아지는 날에는 따뜻한 털옷을 준비해야 합니다.
이 책이 여러분의 거친 인생길에
좋은 우산과 따뜻한 털옷이 되어 줄거라 믿습니다.
머릿속에만 채워놓은 것은 내 것이 아닙니다.

몸속에 채워놓은 것만이 내 것이 됩니다.

아무쪼록 이 책을 읽고 매일 매일의 실천을 통해
마음근육과 긍정근육을 키워나가
더 멋진 행복과 성공을 맛보시길 기원합니다.
이 멋진 인생길. 우리 모두는 이 지구별의 여행자입니다.
아낌없이 즐기고 행복하게 살아가다
지구의 어느 모퉁이에서 만나면 반가운 서로가 되었으면 합니다.
그리고 살면서 늘 긍정적으로 결혼생활을 이끌어주고
많은 긍정사례를 제공해준 사랑하는 아내 황희진에게
감사의 마음을 전합니다.
아울러 수많은 유머와 긍정의 이야기를 보내준
유머편지 독자님들에게도 감사드립니다. 복 받으실겁니다.

2011년 초여름
최규상

차례

1 분명 좋은 일이 있을거야 13
2 잭 웰치의 성공뿌리 17
3 미움을 거두게 하는 한마디 22
4 상대의 신발을 신어라 26
5 혀가 치아보다 오래 산다 30
6 아내의 키 변천사 33
7 김태희보다 행복해지는 법 37
8 돼서 뭐 할려고? 41
9 유머의 여유 46
10 어떻게 이걸 가지고 놀까? 50
11 더 행복기법 55
12 꺼벙하지만 매력적인 눈 59
13 벽을 문으로 만드는 방법 64
14 아픔은 축복이라고? 70
15 똥배의 해학 75
16 암환자의 희망노래 79
17 진심이 유머라니까요 83
18 김수환 추기경의 거짓말 86
19 밥상머리 유머 90
20 순식간에 마음부자 되는 법 96

21 자존감 자산 100
22 젊어지는 셈법 103
23 판단하면 사랑할 수 없다 106
24 감정의 호스를 펴라 109
25 도둑맞지 않는 법 113
26 행복을 만드는 비교의 법칙 116
27 낸시여사의 사랑법 120
28 70점의 행복 123
29 웃음은 딱지를 이긴다 126
30 마음을 통하게 하는 유머쪽지 131
31 웃음을 잃어버린 병을 이기는 법 136
32 사랑을 만드는 한 놈 패기! 141
33 조수미의 자존감 기법 145
34 비판을 이기는 방법 147
35 돈 만드는 감사법 149
36 강남건설의 유머경영 153
37 감사로 유혹하라 158
38 긍정단어 사냥법 161
39 행복과 성공을 만드는 인격 164
40 즐기면 부자가 된다 168

41 큰 웃음 속에 깃든 행복 172

42 사람에게 주목받는 법 176

43 여유를 만드는 나이 놀이법 180

44 사랑받는 가장 손쉬운 법 184

45 장군감 같은 칭찬 188

46 방앗간 아줌마의 긍정 192

47 기회와 후회의 갈림길 195

48 해고는 최고의 기회 198

49 말버릇과 말습관 201

50 짧은 목의 그가 좋다 204

51 15초로 멋진 효자가 되는 법 207

52 가진 것을 사랑하자고요 213

53 지식을 넘어선 지혜를 만드는 법 216

54 할머니의 감사법 220

55 행복한 빵집 223

56 인생의 단맛과 쓴맛 225

57 네 자리가 꽃자리니라 228

58 토끼같은 버킷리스트 232

59 피해의식을 버리는 법 235

60 마음방귀를 허락하노라 238

61 fun하게 유혹하라 241

62 사람들에게 잊혀지지 않는 법 245

63 긍정의 양초 한자루 248

64 그래도 감사법 250

65 그냥 다 감사법 253

66 먼저의 기적 257

67 행복에 이르는 최고의 방법 259

68 역시 늑대가 최고여 264

69 유머친구 267

70 고객을 끌어당기는 유머의 지혜 272

71 행복의 물줄기를 끌어오라 278

72 긍정의 똥파리! 281

.I.
분명 좋은 일이
있을 거야

작년 봄.

제주도에서 강의가 있어 아내와 함께

아름다운 섬으로 떠났습니다.

강의를 끝내고 제주도 여행을

하기로 약속했기 때문입니다.

그런데 첫 번째 여행지인 성산일출봉을 신나게 앞서 오르던

아내가 갑자기 돌에 걸려 넘어졌습니다.

13

조심스럽게 일어서는 아내가 왼손을 들어 보이며 말합니다.

"여보, 나 새끼손가락 부러진 것 같아. 호호"

오 이런……세상에!
정말로 아내의 왼손 새끼손가락 둘째마디가
90도로 꺾어져 하늘을 바라보고 있는게 아닌가!

가슴이 철렁 내려앉은 위급상황에서
아내는 한마디를 덧붙입니다.
"그래도 다행이야, 다른 손가락들은 멀쩡해서…호호"

번개처럼 아내를 병원으로 후송하는 길에
아내와 저는 불쌍한 손가락을 보면서 말했습니다.

"그래도 다리몽둥이가 안 부러져서 다행이야…하하"
"오른손이 아니라 정말 다행이야…호호"
"야, 이 정도면 보험금도 많이 나오겠다…하하"

차 안에서 끊임없이 긍정의 튀밥을 막 튀겼습니다.

제주시내의 한 정형외과에 들러 치료를 받았습니다.
그런데 우리 부부가 내내 웃으면서 진료를 받고
또 부러진 새끼손가락을 기념이라고
사진까지 찍는 모습이 이상해 보였던지 의사가 묻습니다.
"아니 도대체 뭐하는 분들이세요? 이런 분들 처음보네."

그래서 동시에 대답했습니다.
"저희는 절대긍정 강사입니다. 하하하, 호호호"

아내는 겨우(?) 4주 동안 깁스를 했습니다.

다행입니다. 정말로 천만다행이었습니다.

천만다행.

천만가지의 불행 속에서도 행운이 있다는 말이지요.

독일의 의사이자 철학자인 슈바이처박사는
세상을 바라보는 방식이 그 사람의 운명을 결정한다고 했습니다.

손이 부러진 상황을 바꿀 수는 없습니다.

하지만 그 상황을 내 마음대로 바라보고 해석할 수는 있습니다.

이후에 아내와 저는 아무리 상황이 나쁘더라도
이렇게 말하는 습관이 생겼습니다.

"그래도 천만다행이다. 그치?"

말을 더듬는 한 남자가

미모의 여성과 데이트를 하게 되었습니다.

말을 더듬는 남자를 보고 여자가 묻습니다.

"늘 그렇게 말을 더듬으세요?"

그러자 남자는 별 거 아니라는 듯이

"아뇨, 말을 할 때만 더듬습니다.

말을 하지 않을 때는 더듬지 않습니다."

이런 유머 괜찮죠?

우리는 사람의 얼굴을 보면서
그의 감정과 기분을 읽어내고 내면을 바라보게 됩니다.
얼굴은 사람의 생각을 보여주는 통로이기 때문입니다.
그리고 말도 꽤 정확하게 내면의 세계를 반영하며
생각을 그대로 보여주는 거울입니다.

사업에 실패한 사업가가 있었답니다.
그런데 그런 사실을 모르는 친구가 와서
이렇게 말하더랍니다.
"친구, 돈 좀 빌려줄 수 있겠나?"
그러자 실패한 사업가가 이렇게 말했다고 합니다.

"친구야 고맙다, 아직도 내가 돈이 있어 보이는가 보구나!"

내 입에서 나온 한 마디 말은
제일 먼저 자신을 살리고 죽이는 역할을 합니다.
당연히 듣는 사람까지 살리기도, 넘어뜨리기도 합니다.

미국 최고의 경영자로 이름을 날렸던 잭 웰치도 사실은
말 더듬이였다고 합니다.
어느날 친구들에게 말더듬이라는 놀림을 받고 들어온
잭 웰치에게 그의 어머니가 이렇게 위로합니다.

"잭, 고민하지 마라.
 네가 말을 더듬는 것이 아니라
 너무 똑똑하기 때문에
 말이 네 생각을 따라가지 못할 뿐이란다."

사람들의 평가가 신경 쓰이는 사람은 절대적으로 '자기신뢰'가
부족한 사람입니다.
더불어 자신을 인정하는 '자존감'도 부족한 사람입니다.
타인의 평가에 좌지우지되는 것은
그들에게 자신의 인생을 맡기고 지배당하는 꼴입니다.

진정한 행복은
내가 내 자신으로부터 사랑받고 있다는 믿음이 아닐까요?

빅토르 위고는 이런 멋진 말을 남겼습니다.
"삶의 가장 큰 행복은
 자기 자신이 사랑받고 있다는 믿음으로부터 나온다"

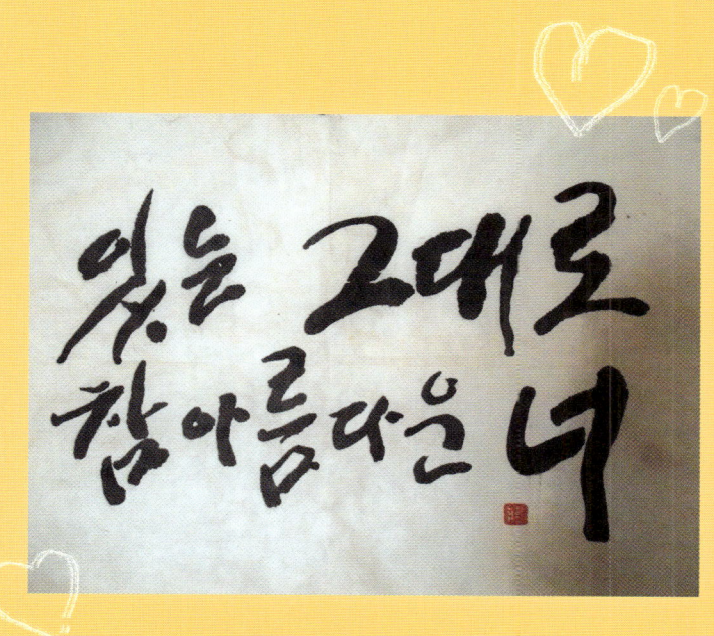

있는 그대로
참 아름다운 너

세상에서 가장 아름다운 눈은
자기자신을 아름답게 보는 눈입니다.

·3·
미움을 거두게 하는 한마디

언젠가 개그맨 김영철씨가 한 예능프로그램에서 했던 이야기.

개그맨 김영철은 초등학교 때 공부를 잘 했대요.
하지만 한 번도 전교 1등을 못했답니다.

어느날 늘 전교 3등을 하는 친구와 함께 점심을 먹다가
서로 소원을 이야기 했대요.

먼저 김영철이 한 맺힌 목소리로 소원을 토해냅니다.
"난 1등하는 친구가 죽었으면 좋겠어,
 그래야 내가 1등할 거 아냐?
 그런데 네 소원은 뭐야?"

그러자 전교 3등을 하는 친구도
솔직하게 이렇게 대답하더래요.

"난 있잖아. 네가 죽었으면 좋겠어!"

그 순간, 개그맨 김영철은 번개 맞은 것 같은 충격에
아무 말도 못했답니다.
이후에 사람들을 미워하면
다시 내게로 돌아온다는 것을 배웠다네요.

놀부와 흥부의 유머가 있지요.

놀부와 흥부가 죽어 지옥에 도달해보니
똥그릇과 물그릇이 따로 따로 준비되어 있었다.
그때 저승사자가 말했다.
"두 그릇 중에 하나를 골라서 상대방 얼굴에 발라라."

놀부는 말이 떨어지기가 무섭게
똥 그릇을 들고 흥부 얼굴에 바르기 시작했다.
흥부는 엉겁결에 멍하니 서 있고,
놀부는 신나게 흥부 얼굴에 똥을 쳐 발랐다.
다 바르고 나자, 저승사자가 말했다.

"자 그럼 이제부터 상대방의 얼굴을 핥는다."

사람은 사랑과 미움을 동시에 품습니다.
그래서 인간의 모든 희노애락은 바로
두 마음의 줄다리기에서 비롯됩니다.

사랑과 미움의 줄다리기를 할 때
차라리 이렇게 말해버리면 어떨까요?
"난 네가 행복했으면 좋겠어!"

미운 마음을 거둘 때 불행도 함께 거두게 됩니다.

·4·
상대의 신발을 신어라

동물학교의 늑대 선생님이 늑대들에게 산수를 가르칩니다.
"자, 여기 당근 하나, 배 하나, 사과 하나가 있어요
 그럼 전체 합쳐서 몇 개가 될까요?"

하지만 늑대들은 관심이 없다는 듯 아무 대답도 없습니다.
잠시 후 선생님이 다시 문제를 냅니다.

"자, 여기 양 한마리, 토끼 한 마리, 닭 한마리가 있어요.

그럼 다 합쳐서 몇 마리가 될까요?"

그러자 모든 늑대들이 손을 들어 이구동성으로 대답합니다.
"맛있는 음식, 세 마리요!"

내 입장이 아니라
그들의 입장에서 바라보면 답이 보입니다.

언젠가 남자 중학생을 대상으로 강의한 적이 있습니다.
어떻게 그들의 관심을 끌 수 있을까 고민에 고민을 했습니다.
고민 끝에 이렇게 강의를 시작했습니다.
"여러분, 반갑습니다.
 25년 전에 저도 중학생이었습니다.
 그래서 저는 여러분이 아침부터 저녁까지
 무슨 생각을 하는지 잘 알고 있습니다.

바로 여자 생각일겁니다."

그러자 몇몇 학생들이 웃으면서 대답했습니다.

"맞아요."

"저도 그래요."

그래서 이렇게 말을 이어갔습니다.

"네, 솔직히 공부보다 여자생각이 더 많이 났었지요.

여자생각이 나는 이유는 신체가 성장하면서

이제 서서히 번식하기(?) 위해서 신체적으로 준비를 하고 있기

때문이지요.

그래서 여자 생각이 저절로 나게 되지요.

오늘 이 시간에는 여러분의 관심사인

여자친구의 마음을 얻는 법에 대해서 알아보기로 해요.

끝까지 집중해서 듣는다면 좋아하는 여자친구를 빨리 사귀고

나머지 에너지는 공부하는데 쓸 수 있는 놀라운 정보를 얻게 됩니다.

그 첫 번째 방법은 바로 좋은 표정을 갖는 것입니다.
저는 학생들의 웃는 표정만 봐도 여자친구가 있는지 없는지
척 보면 아는 능력이 있는데요, 한번 크게 웃고 시작할까요?"

1시간 내내 열정적으로 강의에 몰입하는 중학생들을 보면서
그들의 입장이 되어 보는 것이 얼마나 중요한지 배웠습니다.

진정으로 사람의 마음을 얻기 위해서는
그들의 신발을 신어보고 그들의 입장이 되어봐야 합니다.

그래야 원하는 사랑을 얻을 수 있습니다.

·5·
혀가 치아보다 오래 산다

백수의 왕인 호랑이가 문득 고민이 생겼습니다.

그래서 상담전문가인 다람쥐에게 가서 물었습니다.

"난 너무 외로워.

무엇보다도 마음을 나눌 다른 동물 친구들이 없어.

어떻게 하면 될까?"

그러자 다람쥐가 짧게 대답하죠.

"야 임마, 얼굴에 힘 좀 빼!"

사람을 만나다 보면 얼굴뿐 아니라 온몸에 잔뜩 힘을 주고
자신의 권위를 한껏 뿜어내는 사람이 있습니다.
이를 두고 일본에서 세금 많이 내기로 유명한
사이토 히토리씨는 말합니다.

"힘줘서 나오는 건 똥뿐이다"

맞습니다. 지금은 부드러움이 통하는 세상입니다
그래서 부드러운 혀가 치아보다 오래가지 않습니까?

얼굴과 몸에 힘이 담겨있다는 것은
생각에도 힘이 실려 있다는 의미입니다.
그 힘을 빼야 인생이 외롭지 않고 사람들과 즐겁게 어울릴 수

있습니다.

힘을 빼는 최고의 좋은 방법은 바로 웃음입니다.
그냥 이유없이 웃어보세요. 하하하하하~

웃을 때 들어오는 고민도 없고,
웃을 때 나가지 않는 고민도 없는 법입니다.

아내의 키 변천사

저는 키 작은 여성이 좋습니다.

아담해서 한 번에 껴안기 좋기 때문이죠. *^^*

당연히 제 아내도 키가 작습니다.

153cm.

처음 만났을 때 아내는 이렇게 말했습니다.

"제가 키가 작은 게 아니라 남들이 큰 겁니다. 호호호"

위트 넘치는 그녀의 긍정에 첫눈에 반했지요.
이후 아내와 유머를 나누면서 아내의 긍정유머는 빛을 더해갑니다.

"나는 아무래도 부자가 될 것 같아."
"왜?"
"내가 키 큰 여자들과 길을 걸을 때 길거리에 떨어져 있는 돈을
 더 빨리 주울 수 있잖아"

아내의 그 말을 듣고 아내의 작은 키가 더 좋아졌지요.
아내가 부자가 되면 저도 저절로 부자가 될거니까요.

현재 아내는 저와 함께 유머강사가 되었습니다.
요즘 아내는 머지않아 대한민국 최고의 유머강사로
반드시 뜰 거라고 말합니다.
"키가 작아서 의자에 앉으면 항상 다리가 뜨잖아.

그래서 나는 반드시 뜰거야!"

얼마 전 아내는 급기야 이 유머를 찾아내고야 말았습니다.

"내 키가 153cm잖아.
감사하게도 하나님은 내 키와 아이큐를 똑같이 해주신 같아.
신기하지 않아?"

유머는 늘 자신을 향할 때 아름답습니다.
그리고 자신의 단점을 사랑하는 도구로 유머를 활용할 때
더 아름답습니다.

눈이 작아서 고민입니까?
대한민국 최고의 MC인 김제동은 이렇게 말했었지요?

"저는 눈이 작아서 너무 좋습니다.
 덕분에 지금까지 한번도 아폴로 눈병에 안 걸렸습니다."

유머는 늘 약간 부족한데서 탄생되고
부족함을 풍족함으로 채워놓습니다.

맛있게 식사하고 주방장님께
냅킨위에 감사인사를 전했습니다.
주방장님의 얼굴에 환한 미소가 번졌습니다.
저도 행복해졌습니다.

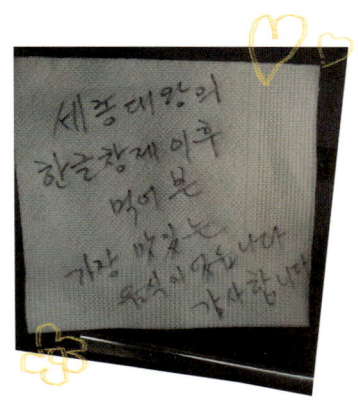

·7·

김태희보다 행복해지는 법

얼마 전 TV의 한 예능 프로그램에서

대한민국 최고의 미인인 고현정씨가 자신도 고민이 있다고

말하는 것을 들었습니다.

"저는 얼굴이 커서 고민이예요."

대한민국 수많은 남성의 이상형일정도로

탁월한 미모를 가진 그녀에게도 고민이 있었던 겁니다.

최고의 미남 배우인 다니엘 헤니에게도
비슷한 고민이 있었습니다.
"저는 키가 큰 것이 정말 고민입니다.
  왜냐하면 다리가 너무 길어 맞는 청바지가 없기 때문입니다."

허…이런 참.
세상은 공평한건가요? 불공평한건가요?

3단고음으로 이름을 알린 가수 아이유도
깜찍하게 귀여운 외모인데도 불구하고 이렇게 말합니다.
"코가 낮아서 고민입니다."

한 사람 더 말해볼까요?
조각미녀로 소문난 김태희씨도 많은 생각을 하게 만듭니다.
"저는 발가락 사이가 넓어서 고민이예요."

고민같지도 않은 고민을 가진 연예인들을 보며
단점이란 원래 있는 것이 아니라
스스로 만들고 아파하는 것이 단점이구나.
신이 단점을 만든 것이 아니라,
스스로 단점을 만드는구나라는 생각을 합니다.

여러분 자신을 한번 살펴보세요.
단점이라고 생각했던 것들
마음 아파했던 신체적인 고민들
혹시 자신이 만들었던 건 아닌가요?
스스로 만든 구덩이에 빠져서 헤매는 건 아닌가요?

여러분이 스스로 단점이라고 단정해버리고 아파하면
세상이 여러분의 단점을 지독하게도 물고 늘어집니다.
물리면 많이 아파~

우리 모두는 완벽합니다.

단지 자신을 바라보는 시선이 완벽하지 못할 뿐.

아이들의 꿈은 수시로 바뀝니다.

TV에서 대통령을 보면 대통령이 되겠다고 하고,

소방차를 보면 소방관이 되고 싶다고 말하고,

병원에 가면 의사가 되는 꿈을 갖습니다.

성장하면서 우리의 목표는 온통 무엇이 되는 것에 관심이 있습니다.

저도 그랬습니다.

국회의원, 장관, 여행가이드, 사업가 등등
상황에 따라 수시로 바뀌었던
그 꿈조차 몇 번의 실패를 거듭하면서
어느 순간 평범하게 살아가는 것이 꿈으로 변해버렸습니다.

5년 전 한 친구를 오랜만에 만나게 되었을 때
그 친구에게 유머코치가 되고 싶다고 했습니다.
그랬더니 그 친구가 궁금해 하며 묻습니다.
"유머코치가 돼서 뭐 하려고?"
"사람들을 즐겁게 하려고!"
"사람들을 즐겁게 해서 뭐하려고?"
"음. 그냥 뭐 즐겁게 하면 좋잖아."
음. 생각이 막혔습니다.

그랬습니다. 유머코치가 되려고만 했던 제게

왜 유머코치가 되고, 유머코치가 되어서 뭘 할 것인지를
심각하게 고민하게 만들어줬지요.

우리는 살면서 끊임없이
무엇이 되려고만 합니다.

왜 그것이 되고 싶고,
되어서 무엇을 해야 할 지에 대해서는 생각하지 않습니다.

아이들에게 이렇게 물어보세요.
"의사가 돼서 뭐 할래?"

분명 사람을 치료하고, 행복하게 살 수 있도록 돕고,
가난한 사람들을 치료해주는 놀랍도록 순수한 생각을
말할 것입니다.

원하는 무엇이 되는 것보다
무엇을 할 것인가를 아는 것은 바로 자신을 아는 것입니다.

고도원의 아침편지의 발송자인 고도원씨는
되어서 무엇을 할 것인가를 "꿈 너머 꿈" 이라고 말합니다.

"꿈 너머 꿈" 을 아는 사람은 사람을 중심에 두고
사람을 사랑하는 마음으로 살아가게 됩니다.

사람을 사랑하는 것이 진정한 꿈이고, 비전이며, 자존감이 아닐까요?

전 유머코치가 되어
많은 사람들이 인생을 더 긍정적으로 살 수 있도록 돕고,
무엇보다 세상 속에서 더 인간답게 살 수 있도록 돕는 일을
하고 싶습니다.

당신이 춤 출때
우주 전체가 춤 춘다

-루미

제주 올레길은 생각의 길입니다.
내가 춤추고, 내가 노래해야
세상도 따라서 춤추고 노래합니다.

·9·
유머의 여유

언젠가 KBS 「늘 푸른 인생」이라는 TV프로그램을 본 적이 있습니다.

그 프로그램을 진행하는 뽀빠이 이상용씨가

전남 곡성의 107세 된 할아버지를 만나서 인터뷰를 했습니다.

"할아버지, 이렇게 오래 산 비결이 무엇입니까?"

"할아버지가 뭐야? 그냥 형님이라고 불러!"

"아, 형님 죄송합니다. 형님, 오래 산 비결이 뭐죠?"

"비결은 무슨… 안 죽으니까 오래 살았지!"

질문마다 웃음을 만들어내는 멋진 우문현답.
이상용씨가 웃으면서 계속해서 질문합니다.

"형님, 그동안 살다가 미운 사람도 많았을텐데
 스트레스도 없이 어떻게 그런 걸 다 참고 사셨어요?"

"응 미운 사람들도 있었지.
하지만 그냥 내버려 뒀어.
그랬더니 지들이 알아서 80~90살이 되더니 다 죽던데 뭘.
미운 사람 있어도 그냥 즐겁게 오래 살면 돼!
절대 화 내지마! 그래도 화날 때는 웃어버려! 하하하"

건강을 지키는 비결은 의외로 화를 내지 않는데 있다는 사실을
배웠습니다.

화날 때조차 스스로를 다스린다는 것은 쉽지 않습니다.

스스로를 다스리는 최고의 방법은 바로 한번 더 웃는 것입니다.

그래서

나이를 먹을수록 유머감각을 갖는 건 참 중요합니다.

그래야 스트레스도, 미움도, 나이도 가지고 놀 수 있게 됩니다.

한때 인터넷에 이런 유머가 유행이었죠.

한 젊은이가 고속버스에서 옆에 앉은 할머니께 말을 건넸다.

이런 저런 이야기를 하는 중에 나이 이야기가 나왔다.

젊은이가 물었다.

"할머니 올해 연세가 어떻게 되세요?"

"응… 주름살!"

"하하하 할머니 농담도 잘 하시네요. 주민등록증은 있으세요?"

"주민등록증은 없고, 대신 골다공증은 있어…호호호"

"재미있으세요. 그럼 건강은 어떠세요?"
그러자 할머니의 대답.
"응, 유통기한 지났어…"

세상의 연륜이 깊어진다는 것은
세상의 스트레스와 고민이 있더라도 웃어버리며
유머를 즐기는 마음이 아닐까요?

어떻게 이걸 가지고 놀까?

작년에 한국리더십센터의 코치와 컨설턴트들을 대상으로
조찬강의를 했습니다.

강의 중에 제 혈액형을 이렇게 표현했습니다.
"개인적으로 제가 소심한 A형이라
늘 남이 나를 어떻게 생각할까에 신경을 씁니다.
또 쉽게 상처받아서인지 잘 삐집니다.
한마디로 A형은 별로 좋은 피가 아닌 것 같습니다."

그런데 강의를 듣던 한 수강생이 손을 들더니
이렇게 말합니다.

"소장님, A형 피가 나쁜게 아닙니다.
 피가 얼마나 좋으면 A급이겠습니까?
 A급피이기 때문에 A형이 아닐까요?"

와우! 이것이 바로 진정한 유머였던 것입니다.
유머 한 수 제대로 배웠습니다.
순식간에 소심한 A형이 명품 A급 혈액형으로 바뀌어 버렸습니다.

다음날부터 응용해서 이런 유머를 입에 올렸습니다.
"저는 개인적으로 최고의 피를 가졌습니다.
 얼마나 피의 품질이 좋으면 특 A급이겠습니까?"

세상을 바라보는 생각의 틀을 프레임이라고 합니다.
어떤 상황에서든 긍정적으로, 좋게, 즐겁게 바라보는
프레임을 가지면 저절로 행복해집니다.

인터넷에 혈액형과 관련된 이런 유머가 있습니다.
A형은 소세지 : 소심하고 세심하고 지랄맞다.
B형은 오이지 : 오만하고 이기적이며 지랄맞다.
O형은 단무지 : 단순하고 무식하고 지랄맞다.
AB형은 지지지 : 지랄맞고 지랄맞고 지랄맞다.

이제부터 이렇게 바꿔보면 어떨까요?
A형은 특 A급의 피를 가진 사람
B형은 가수 비처럼 화끈하고 멋진 피를 가진 사람
O형은 늘 OK하면서 긍정적이어서 쩐(돈)이 모이는 사람
(손가락으로 원을 만들며)

AB형은 A형과 B형의 좋은 피만을 짬뽕해 놓은 최고 품질의 피를
가진 사람.

나쁜 피와 좋은 피가 따로 있는 것이 아니라,
그렇게 바라보는 내 생각만이 있을 뿐입니다.

우리 인간은 신의 최고의 작품입니다.
당연히 우리 몸 안을 돌고 있는 피도 최고 품질이겠죠?

충남대천항에 있는 엿장수의 광고문구
애교스런 협박(?)에 엿을 삽습니다.
먹고 죽은 귀신이 때깔(?)도 좋다잖아요.하하

더 행복기법

유머코치로 많은 사람들을 만나다보면
멋진 분들의 이야기를 접합니다.

그런 분들의 삶을 듣다보면
긍정이 얼마나 멋진 일인지 배우게 됩니다.

청주에서 제 유머편지를 구독하는 팬으로부터 온
편지 한통을 소개합니다.

"최규상 소장님의 멋진 강의를 듣고
삶의 에너지가 충전되었습니다. 감사합니다.
다름이 아니라 저의 긍정이야기를 보내드릴까 합니다.
저는 어려서부터 큰 얼굴 때문에 자신감이 없었습니다.
그런데 어느 날 아동극 공연을 끝내고 나가는데
청중 한 분이 제 얼굴이 커서 멀리서도 표정이 잘 보여서
공연을 잘 봤다고 고맙다고 말합니다.
그 말에 얼굴 큰 것이 얼마나 고마웠던지요.
덕분에 35년 동안 큰 얼굴 때문에 고민했는데
자부심과 자신감을 갖게 되었습니다. 감사합니다."

살면서 늘 부러운 사람은
자신의 신체를 긍정적으로 바라보는 사람입니다.

세상에 완벽한 신체를 가지고 태어난 사람은 없습니다.

중요한 것은 신체는 부모님께서 주신 선물이라는 것입니다.
세상 모든 것이 다 그렇듯 비교하면
자꾸 더 나쁜 것만 보입니다.

개인적으로 뽀빠이 이상용씨를 참 좋아합니다.
그분은 키가 170cm가 안됩니다.
하지만 이상용씨는 이렇게 말합니다.

"아내는 키가 173cm나 되고, 아들은 180cm가 넘습니다.
 그래서 제가 집에서 제일 작습니다.
 작으니까 언제나 집에서 가장 귀여움을 받습니다. 하하하"

코미디언 고 이주일씨도 참 멋진 분이셨지요.
그분은 이 말 한마디로 사람들의 관심을 끌고
오랫동안 인기를 독차지합니다.

"못생겨서 죄송합니다."

세상에 키가 크고 작은 것의 기준은 없습니다.
당연히 잘 생기고 못 생기고의 기준이 어디 있겠습니까?

다 스스로 만든 기준에 스스로 상처받고 아파하지 않았습니까?
이렇게 생각해 보자구요.

난 키가 크다.
그리고 농구선수 서장훈은 나보다 조금 더 클 뿐이다.
난 잘 생겼다.
그리고 배우 송승헌은 나보다 조금 더 잘 생겼을 뿐이다.
난 부자다.
그리고 이건희 회장은 나보다 조금 더 부자일 뿐이다.

꺼벙하지만 매력적인 눈

저는 태어날 때부터 몸이 허약해서
온갖 병과 약을 달고 살았습니다.
그때문인지 말문이 5살 때에야 트였습니다.

그래서 처음 말을 배울 때부터 말이 어눌하고
자주 혀 짧은 소리를 했습니다.

성장하면서 늘 어눌한 말 때문에 많은 상처를 받았고

짧은 혀를 원망하면서 살았습니다.
당연히 사람들 앞에서 나를 소개하는 것이
세상에서 가장 두려운 일이 되었습니다.

하지만 지금은 강의를 하면서 수많은 사람들을
즐겁게 하는 유머코치가 되었습니다.

놀랍게도 제 짧은 혀를 유머스럽게 표현하기
시작하면서 갖게 된 자신감 덕분입니다.

"저는 혀가 짧습니다.
 혀가 짧으니 좋은 점이 참 많습니다.
 저는 지금까지 한 번도 제 혀를 씹어본 적이 없습니다."

재미있게도 제 인생의 가장 치명적인 단점이 장점이 되었습니다.

그리고 유머를 통해 먼저 내 아픔을 드러내니
더 이상 단점이 아니라 사람들을 즐겁게 하는 멋진 장점이 되었고
영원히 활용할 수 있는 나만의 독특한 유머가 되었습니다.

제 단점을 이야기 한 김에
또 하나의 아픔을 이야기 해보죠.

저를 만나본 사람들은 느끼는데
제 눈꼬리가 처져 있어서 조금 꺼벙하게 보입니다.
학교 다닐 때 한 선생님께서 이렇게 말씀했을 때
쥐구멍을 찾고 싶었습니다.
"Boys, Be ambitious! 소년들이여, 야망을 품으세요.
  두 눈을 부릅뜨고, 세상을 바라보세요.
  야, 최규상 그런 꺼벙한 눈 말고, 두 눈을 부릅뜨란 말이야!"

허걱, 소심했던 저는 꺼벙하다는 말에 상처받아
두 눈이 부끄러워졌습니다.

이후에 대학생이 되고 사회생활을 하면서
꺼벙한 사람으로 보이지 않기 위해서
늘 의식적으로 두 눈을 크게 떠야 했습니다.
당연히 좋아하는 여학생을 만나면
큰 눈을 만드느라 눈물을 한 바가지쯤 쏟아야 했습니다.
행여나 나의 꺼벙한 두 눈을 보여주고 싶지 않았으니까요.

그런데 30살이 넘은 어느 날
한 아가씨를 만나서 커피를 마시는데
자꾸만 제 눈을 부담스럽게 바라봅니다.
왜 내 눈만 바라보느냐고 묻자 아가씨가 이렇게 대답합니다.

"양쪽 눈꼬리가 쳐져서 그런지 정말 선하게 보이세요.
 그런 선한 눈을 가진 남자가 제 이상형이거든요."

오예! 그 아가씨의 눈에는 제 눈이 꺼벙한 눈이 아니라
착하고 선한 눈이었던 것입니다.
당연히 그 아가씨는 지금 제 아내가 되었습니다.
그리고 꺼벙한 눈은 사랑을 만드는 매력적인 눈이 되었고요.

나는 나의 짧은 혀와 꺼벙한 눈이 좋습니다.
세상이 두 쪽이 나도 바꿀 수 없는 독특한 나의 매력입니다.

벽을 문으로 만드는 방법

옆의 사진은 일본의 만화영화 감독인 미야자키 하야오 감독의
지브리 스튜디오 사무실 앞에 있는 표지판입니다.

"좌절금지"라는 표지판인데 어떻게 보이십니까?
어떤 사람은 이렇게 말합니다.
"넘어져서 땅을 치면서 한탄하는 것처럼 보입니다."
"넘어져서 아파하는 것 같아요."

또 어떤 사람은 말합니다.

"일어서려고 노력하는 사람처럼 보입니다."

"출발선에 서서 막 뛰려고 준비하는 사람 같아요"

그런데 이렇게 바라보는 사람도 있습니다.

"너무 좋아서 땅을 치면서 웃는 사람 같은데요."

어떻게 바라보든 다 맞습니다.

저는 이 사진을 볼 때마다
눈에 보이는 것이 옳고 그른 것은 없고
단지 그것을 해석하는 방법에만 옳고 그른 것이 있다고 믿습니다.

저는 20대 초반에 4수생이었습니다.

처음 들어간 대학을 바로 그만둔 후 재수를 시도했지만 계속
떨어졌습니다.

4수 끝에 들어간 대학생활은 썩 유쾌하지 않았습니다.

왜냐하면 선배들과의 첫 번째 술자리에서 이런 말을 들었기
때문이지요.

"얼마나 머리가 안 좋으면 4수씩이나 합니까?"

기어이 대학을 들어간 나를 보고 고향친구들은 인간승리라고 했는데
선배들이나 동기들이 나를 그렇게 바라볼 수 있겠구나 생각하건서
대학생활 동안 의기소침했습니다.

하지만 1998년 대통령 총선 당시.

몇몇 언론이 김대중 후보가 네 번 씩이나 대통령에 도전한다고
살짝 비꼬았습니다.

그때 김대중 후보는 이렇게 말합니다.

"맞습니다. 저는 네 번째 대통령에 도전합니다.
 저는 네 번씩이나 대통령에 도전했기 때문에 준비된
 대통령입니다."

대통령 4수생이 아니라 준비된 대통령이라는 표현은
당연히 제 생각에도 영향을 미쳐 이후에 이렇게 말하고 다녔습니다.

"저는 대학 4수를 했습니다.
 생각해보면 저는 준비된 대학생이었습니다. 하하하"

살다보니 실패가 쌓여서 성공이 되는 것을 경험합니다.
당연히 "안 되는 것"이 쌓여서 "되는 것"이 됩니다.
그래서 실패는 성공의 어머니라고 말하는가 봅니다.

실패했을 때,

넘어졌을 때,

아파할 때,

그럼에도 불구하고 그 상황을 즐겁게 바라보고 웃을 수 있고,

기분 좋게 해석해 바라볼 수 있다면

인생은 정말 행복할 것입니다.

바로 벽 앞에서 벽을 바라보면 벽밖에는 보이지 않습니다.

왜 벽밖에 보이지 않느냐고 한탄하지 말고

잠깐 뒤로 떨어져서 보면 그 벽이 별로 높지 않다는 것을 알게 됩니다.

그리고 그 벽을 계속해서 밀고 있으면

어느 순간 그 벽이 내가 들어갈 수 있는 문이 됩니다.

세상의 모든 벽은 문을 가지고 있습니다.

14

아픔은 축복이라고?

최고의 지휘자인 토스카니니는 탁월한 기억력을 가졌다고 합니다.

그는 아무리 까다롭고 복잡한 악보라도

모두 통째로 외워 버렸습니다.

그가 악보를 이렇게 외워야했던 이유는

악보대 위에 놓인 악보를 볼 수 없는 지독한 근시 때문이었습니다.

그는 원래 첼로연주가였는데

어느 날 교향악단의 지휘자가 갑자기 병원에 입원하게 됩니다.

그런데 모든 연주자 중에서 토스카니니만이 곡의 전체를
외우고 있었기 때문에 지휘를 하게 됩니다.
이후에 그는 형편없는 근시덕분에 최고의 지휘자로 거듭납니다.

에디슨은 어렸을 때 신문팔이를 하던 중 기차사그로 떨어져
청각장애가 됩니다.
한 기자가 에디슨에게 물었습니다.
"귀가 잘 들리지 않아서 연구하는데 어렵지 않았습니까?"
그러자 에디슨은 이렇게 대답합니다.
"저는 청각장애가 된 것을 감사하게 생각합니다.
덕분에 연구에만 몰입하게 되었습니다."

제가 좋아하는 피아니스트 희아.
그녀는 10개가 있어야 할 손가락이 네 개밖에 없습니다.
하지만 끊임없는 피아노 연습 끝에

그녀는 많은 사람들에게 사랑받는 피아니스트로 거듭납니다.
이제 그녀는 수많은 대한민국 장애인들에게 희망의 상징이
되었습니다.

언젠가 TV의 한 프로그램에서 봤던 희아의 인터뷰를 잊지 못합니다.

"저는 네 손가락인 것이 정말 감사합니다.
 만약 제가 열 손가락을 다 가지고 있었더라면
 이렇게 과분한 관심과 사랑을 받지 못했을 것입니다.
 네 손가락이었기에 가능했습니다.
 네 손가락이 감사합니다."

세계적인 베스트셀러 작가 잭 캔필드도 멋진 이야기를 가지고
있습니다.
그는 하반신 마비가 되었지만 늘 이렇게 말합니다.

"하반신 마비가 되기 전 정상인이었을 때
내가 할 수 있었던 일은 1만 가지 정도였다.
하반신 마비가 된 이후에는 천 가지 정도가 줄어들어
이제는 내가 할 수 있는 일이 9천 가지 정도이다.
하지만 나는 잃어버린 천 가지를 바라보면서 아파하기 보다는
아직도 할 수 있는 9천 가지를 하면서 살고 있다.
나는 아직도 무엇이든지 할 수 있다."

사회생활을 하다보면 삶의 내공이 꽉 찬 사람을 만납니다.
그런데 그 내공이라는 것이
더 잘 생기고, 돈이 많고, 많이 배운 것에서 나오는 것이 아니라,
어떤 상황에서도 긍정을 발견하고, 전파하는 영향력에서 나온다는
것을 배웁니다.

얼마 전 한 기업체 CEO를 만났는데

우연히 이혼에 대한 이야기가 나와서 말했습니다.

"대한민국의 이혼이 큰 문제입니다.

글쎄, 4쌍중에 1쌍이나 이혼한다고 하네요."

그런데 그 분이 내 이야기에 살짝 긍정향수를 뿌립니다.

"그래도 다행이네요.

4쌍 중에 3쌍이나 행복하게 살아가는 걸 보니…하하하"

가지고 있지 않은 것을 아쉬워하면 늘 아프지만

가지고 있는 것을 바라보며 즐거워하면

인생은 숙제가 아니라 축제가 됩니다.

15

똥배의 해학

한 살 먹을 때마다
나이에 비례해서 똥배가 나옵니다.

똥배 고민은 저뿐만이 아니라
지구인 모두의 고민일 겁니다.

오늘은 그 고민을 해결해버리는 놀라운 방법을 소개합니다.

얼마 전에 샤워를 하고 나오는데
아내가 긴장 풀린(?) 내 똥배를 보더니 말합니다.
"허걱, 무슨 똥배가 그렇게 많이 나왔어?"

이런, 긴장을 풀고 있을 때의 똥배를 들켜버렸습니다.
하지만 이 위기를 넘겨야 했습니다.

"아니지, 똥배가 나온 게 아니라 가슴이 들어간거지!"

아내가 웃습니다.
운동을 하지 않은 내 자신 탓이지만,
그래도 유머로 살짝 변명하니 그럴 듯 합니다.

언젠가 유머코칭과정 중에 한 수강생이 자신의 똥배를
이렇게 표현하는 걸 보고 그의 표현에 깜짝 놀랐습니다.

"똥배가 있으니 참 좋습니다.
 제 똥배는 팔짱을 끼고 올릴 수 있는
 받침대 역할을 하고 있거든요. 하하하"

재미있죠?
하지만 절대로 똥배를 유머로 활용한다고 해서
방치하지 마시고 운동하셔야 합니다.

어쩔 수 없이 똥배가 나왔다면
이렇게도 유머로 즐길 수 있다는 것을
보여주는 사례에 불과하니까요.

언젠가 유머긍정력 강의가 끝났는데 한 분이 오더니 이렇게 말합니다.

"강의 잘 들었습니다.

저는 개인적으로 머리가 짱구처럼 튀어 나왔습니다.
늘 고민했는데 지금은 이렇게 말합니다.
남보다 한발만 앞서가려고 열심히 살았더니
엉뚱하게 이마가 먼저 앞서가려고 튀어나왔네요."

멋지죠?
바꿀 수 있는 것은 바꿔버리고,
바꿀 수 없다면 긍정적인 해석만이 정답입니다.

연꽃은 더러운 물속에서도 잘 자란다고 합니다.
그래서인지 더 짙은 향기를 풍겨 사람의 마음을 흔듭니다.
반면에 깨끗한 물로 자라는 콩나물에게는
맛은 있을지 모르지만 마음을 자극하는 향기는 없습니다.

늘 향기나고 달콤한 유머는 부족함에서 꽃핍니다.

16

암환자의 희망노래

쌍문동에 사는 이현숙님은 치과병원 원장님이셨습니다.

그분은 유방암에 걸려 몇 년 동안 고생하였습니다.

우연히 그분과 커피를 마셨는데

활짝 웃으면서 이렇게 말합니다.

"건물이 오래되면 리모델링을 하잖아요.

예쁘게 재단장되면 건물가격이 오릅니다.

사람도 그런 것 같아요.

저도 유방암 수술을 해서 제 몸을 리모델링했더니…

제 몸값이 올랐어요…호호호"

놀랍게도 그분은 지금 치과의사이면서
사람들을 즐겁게 하는 웃음치료사가 되었습니다.
인간승리의 현장에는 늘 긍정이 있습니다.

개인적으로 9년 전부터 사람들에게
웃음의 효과와 중요성을 알리고 있습니다.

보통 건강한 사람들은 웃음의 효과를
한 귀로 듣고 흘러버리는 경향이 있지만,
암과 같은 병을 가진 분들은 웃음을 통해
한 줄기 희망을 보고 건강을 만들어가는데 적극적입니다.

3년 전 SBS스페셜에서 대장암 3기였던 최종순님의 암 극복기를
본 적이 있습니다.
그녀는 이렇게 말합니다.

"저는 대장암으로 인해 대장이 없습니다.
한마디로 쫄병입니다.
그리고 저는 직장도 없어서 백수입니다."

긍정이 최고의 약이라는 것을 알게 되면서
제 인생의 꿈은 인간이 갖는
모든 종류의 아픔, 고통, 슬픔, 괴로움, 부정적인 생각 등을
유머를 통해 긍정적으로 바꾸도록 돕는 것이 되었습니다.

세상에서 가장 재미있는 유머는
부정적인 생각을 긍정적인 생각으로 바꾸는 것입니다.
한마디로 긍정이 가장 재미있는 유머입니다.

누구나 몸이 아프면 아름다운 외모는 사라지게 됩니다.
하지만 아플수록, 고통스러울수록

마음속에 꽃을 피우는 사람이 있습니다.
마음속에 꽃이 피어야 껍데기인 얼굴에도 꽃이 핍니다.

상처입지 않고서 하늘을 지배하는 독수리가 어디 있습니까?
상처입지 않고 평원을 지배하는 사자가 어디 있습니까?

아플수록 삶을 아름답게 보고
마음을 꽃단장하는 사람들이 있어 고맙고 기쁘고 행복합니다.

진심이 유머라니까요

장 크레티앙은 캐나다 국무총리를 연속으로 3번이나 하신
대단한 분입니다.

그는 선천적인 장애로 정확한 발음을 할 수 없었습니다.
하지만 29살 때 국회의원에 당선되고
국민들의 신임을 얻어 캐나다 총리에 입후보합니다.

장 크레티앙이 자신의 정견을 발표하는 자리에서

한 기자가 물었습니다.

"캐나다 총리가 언어 장애가 있다는 것이
 문제가 될 것 같은데 그 점을 어떻게 생각하십니까?"

그러자 장 크레티앙은 이렇게 대답했습니다 .

"네, 저는 선천적인 장애로 말을 잘 못합니다.
 그래서 저는 결코 거짓말도 못합니다."

이 말 한마디에 그는 국민들의 신뢰를 얻어 캐나다 총리가 됩니다.
이후 멋진 정치를 펼치고 물러납니다.

저도 장 크레티앙 총리의 말을 응용해서 이렇게 말합니다.

"저는 혀가 짧기 때문에 말을 잘 못합니다.
 그래서 저는 거짓말도 못합니다."

아픔과 상처는 코딱지와 같습니다.
자꾸 파내려 할수록 안으로 들어가 숨어버립니다.
코딱지는 풀어내버려야 합니다.
훅하고 풀어버리는 순간 시원한 영혼을 맛보기 됩니다.
단점도 마음안으로 품지말고 밖으로 풀어내야 합니다.

대한민국의 혀 짧으신 분들
그리고 말이 조금 어눌하신 분들
"저는 거짓말도 못합니다." 라는 말로 어둠속의 아픔을
밖으로 시원하게 풀어버리면 어떨까요?

18

김수환 추기경의 거짓말

고 김수환 추기경은 오랫동안 국민들의 정신적 지주로
국민들에게 큰 위로를 주신 분입니다.
그분은 스스로를 바보라고 불렀습니다.
그리고 자신의 자화상에다 "바보야"라고 이름을 붙이고
이렇게 말했다고 합니다.
"니가 잘났으면 뭐 그리 잘났고
  크면 얼마나 크며 알면 얼마나 아느냐?
  안다고 나대고, 어디 가서 대접받길 바라는 게 바보지.

그리고 보면 니가 정말 바보같이 산 것 같다."

스스로 바보였음을 고백하는 솔직함과 정직함은
오히려 그분의 인생과 유머감각을 드러내는 것이 아닐까
생각해봅니다.

그분은 언젠가 후배 신부님들과 이야기하는 자리에서 이렇게
말합니다.

"저는 3개국의 말을 아주 잘합니다.
 일본말, 중국말, 그리고 거짓말입니다."

인간이 완벽하지 않고 정직하지 않음을 자신에 비유한 것입니다.

2006년 세계은행이 의미 있는 자료를 발표했습니다.

한 국가의 부에서 80%를 차지하는 것이
바로 사회적 자본Social Capital이라는 것입니다.

사회적 자본이란 사람과 사람 사이를 연결하는 제도규범을
의미합니다.
그 사회적 자본 중에서 가장 중요한 것은
"약속을 지킬 수 있는 신뢰성과 원칙을 준수하는 진실성" 입니다.
한 국가를 부유하게 해주는 보이지 않는 자본이라는 것입니다.

이 자료를 접하면서
한 개인이 갖는 자본 중에서 신뢰가 얼마나 중요한지 배웁니다.

스티븐 코비는 신뢰가 속도를 낳는다고 합니다.
신뢰도가 높으면 모든 것이 빨라지고,
신뢰가 내려가면 속도가 느려지고 그에 대한 비용은 올라갑니다.

긍정을 공부하고 배우면서

사람의 말이 아무리 긍정적이라도 몸으로 긍정을 실천하지 않으면

오히려 신뢰도가 떨어지는 것을 배웁니다.

그리고 감추지 않고 드러낼 때 오히려 신뢰도가 상승합니다.

우 도에서 만난 문구.

대한민국 정치인들과 꼭 나누고 싶은 문구입니다.

19

밥상머리 유머

제가 발송하는 유머편지 독자인 박병원님은
요즘 초등학생 아들과 마음을 통할 수 있어 행복하다고 말합니다.
늘 바빠서 그저 서로를 소 닭 보듯이 하다가
어느 날 유머편지에서 얻은 유머퀴즈를 아들에게 해줬더니
너무 너무 좋아하더랍니다.

자신감이 생겨서 매일 유머를 나누면서 서로 웃고 떠들었더니
아이 눈높이에 맞추어 이야기도 하게 되고

또 조금은 재미없더라도 함께 웃으니 행복해졌다는 겁니다.

유치할지라도 크게 웃어주고
알고 있는 유머라 할지라도 모르는 척 끝까지 들어주고
아들이 말하는 중간 중간 우와~하면서 감탄사도 넣어주고
정말 개그맨보다 더 재밌다고 칭찬해주었을 뿐이라고 합니다.

- "화장실이 어디예요"를 중국어로 하면?……워따똥싸?
- "화장실은 저쪽입니다"를 중국어로 하면?……저따똥싸!
- "화장실이 어디있는지 잘 모르겠습니다. 나중에 싸세요"를 중국어
  로 하면?……이따똥싸!

유머를 나눌 때는 끝까지 들어주고,
절대 중간에 유머를 아는 체하며 자르지 않아야 한다는 경험담까지
덧붙입니다.

그렇습니다. 도마뱀의 꼬리는 자르면 다시 나오지만
유머의 싹을 자르면 다시는 나오지 않는 법이죠.

박병원님의 이야기를 들으면서 가수 노사연씨가 떠올랐습니다.
노사연씨는 어렸을 때 저녁밥을 먹기 전에 꼭 유머를 하나씩
해야만 밥을 먹을 수 있었다고 합니다.

노사연씨의 어머니는 웃음과 유머가 밥보다 더
중요하다는 것을 이미 간파하고 계셨던 것 같습니다.

많은 부모들이 자녀들과 이야기를 하다보면
마치 외계인과 대화를 하는 것처럼
좀처럼 소통이 되지 않는다고 말합니다.

성장할수록 꼭 필요한 이야기만 하다 보면

어느 순간 소소한 감정을 나눌 수 없게 됩니다.

이럴 때 유머는 정말 유용합니다.
비록 유치할지라도 유머를 나누어보세요.

저도 아내와 매일 아침 유머를 나누다가 유머코치가 되었습니다.
무엇이든지 반복하면,
어제 하고 오늘도 하고 내일도 반복한다면
반드시 기적을 넘어 전설이 됩니다.

단순히 웃자고 한 유머 하나가
마음을 나누고 서로를 이해하는
진정한 소통의 통로가 됩니다.

밥상머리 유머를 즐기면 이런 유쾌한 상황도 만들어집니다.

유머편지 독자이신 박종태님이 보내주신 사연입니다.
초등학교 5학년 딸이 학교에서 성적표를 받아왔는데
딸의 성적이 떨어져 야단을 치려고 한마디 꺼냈습니다.
"어이, 딸! 참 어이없네"

그러자 딸이 웃으면서 이렇게 말하더래요.
"아빠 잠깐, 여봐라! 어의를 들라하라."

순식간에 웃음이 나오면서 야단치려는 마음이 사라져버렸다고
합니다.

오늘 밥상머리 유머 어떻습니까?
가장의 권위를 살짝 내려놓고 유치한 유머 하나 밥상에 올려보시면
영광굴비보다 더 맛있는 반찬이 될 것입니다.

어느 철학자가 일갈했습니다.
"유산이란 죽었을 때 물려주는 것이 아니라
　살았을 때 멋진 삶으로 물려주는 것이다."

밥상머리에서 서로 행복을 나누면 어떨까요?

제주의 한 약국에서 만난 문구.
　　그래서 할머니의 약손이 효과가 있었나 봅니다.
　　사랑은 늘 세상을 살리는 약입니다.

20

순식간에 마음부자 되는 법

미국 최고의 논평가인 크론 카이포에게 한 기자가 물었습니다.

"당신의 성공비결은 무엇이라고 생각하십니까?"

그는 이렇게 대답합니다.

"내가 방송사를 위해 있는 것이 아니라,
방송사가 나를 위해 있다고 생각하며
열심히 일했기 때문입니다."

몇몇 직장인들과 이야기를 나누다보면
자신은 직장을 위해 존재하는 부속품에 불과하다고 말합니다.
또 몇몇 가장은 자신은 가정에 돈을 벌어다주는
돈버는 기계에 불과하다고 말합니다.
결국 직장과 가정의 부속물일 뿐이라고 실망합니다.

하지만 우리 모두는 이 인생의 무대에서
엑스트라도, 조연도, 주연도 아닌 주인공입니다
산도, 바다도, 지구도, 우주도 바로 나를 위해서 존재한다는
통 큰 생각 하나 품어보면 어떨까요?

펀리더십센터의 김홍걸 소장과 이야기를 나누어보면
그가 크론 카이포와 비슷한 생각을 가지고 있다는 것에 놀랍니다.
그는 이렇게 말합니다.
"고속도로를 달리다보면 이런 생각이 듭니다.

내가 차를 몰고 나올지 어떻게 알고
정부에서 이렇게 멋진 길을 만들어놨을까?
그리고 약속시간에 늦지 말라고
버스와 지하철이 나를 위해 대기하고 있는 걸 보면
정말 고마운 생각이 듭니다.
그래서 고마운 표시로 팁을 1000원씩 줍니다."

농담 삼아 하는 이야기지만,
세상의 모든 것이 나를 위해 존재한다는 생각은
인생을 주인으로 살아가게 합니다.

오늘 식당에서 밥을 먹으면 이렇게 생각해볼까요?

"식당주인은 내가 올 줄 어떻게 알고
시장에서 좋은 음식재료를 사다가

정성스럽게 음식을 만들어서 나를 대접할까?
그래 고마우니까 5,000원을 팁으로 줘야겠다.”

예쁜 꽃을 보면 이렇게 생각해보면 어떨까요?
“세상 사는데 건조하게 살지 말고 감탄하며 살라고
　나를 위해 하나님께서 이렇게 멋있는 꽃을 만들어주셨구나!”

우리 모두는 세상에 태어나는 순간
세상의 모든 것을 선물로 받았습니다.
바로 주인공인 나를 위해 하나님이 다 준비해놓은 겁니다.

어때요? 마음이 부자가 됐죠?
바늘 하나 들어갈 것 같지 않는 마음이 하늘처럼 넓어졌죠?
우린 절대 빈 손으로 태어난 것이 아닙니다.
이 우주의 주인이며 주인공입니다.

21

자존감 자산

새끼 배추가 있었습니다.

그런데 아무리 생각해도 자신이 배추 같지가 않았대요.

그래서 할머니에게 물었습니다.

"할머니 나 배추 맞어?"

그래서 할머니가 대답합니다.

"당근이지."

새끼배추는 자신이 당근인 줄 알고 집을 나갔다는 전설같은 이야기.

우리는 위대한 인간으로 태어납니다.
하지만 자신을 위대하지 않게 바라보는 것은
다른 사람이 아니라 자기 자신입니다.

자기 스스로를 낮게 보는 순간
우리의 자존감은 심각하게 상처를 받습니다.

"이거 할 수 없을 것 같아."
"나는 가난한 집 아들인데 뭘."
"난 원래 이런 사람이야. 어쩔 수 없어."

세상은 늘 그 사람이 말하고 생각하는 만큼만 돌려줍니다.
자신을 100점짜리라고 생각하다면
세상은 그 사람을 100점짜리로 대우하고,
자신을 10점짜리라고 생각한다면

세상은 그 사람을 10점짜리로 취급합니다.

당신이 은행에 100억을 저금해 놓았다고 생각해보세요.
돈을 인출할 때 은행은 당신이 말한 만큼만 되돌려줍니다.
한 푼도 더 주지도 덜 주지도 않고
딱 당신이 요구한 만큼만 당신 손에 쥐어줍니다.

세상에서 가장 강력한 자산은
바로 자기 자신을 존경하는 자존감자산입니다.
내가 내 자신을 믿고 요구하는 만큼 무한대로 빌리고 꾸어주지요.
마음대로 자존감을 빌려와 맘껏 즐기고
행복이란 이름으로 돌려주면 됩니다.

자존감이 높아 자신과 사랑에 빠진 사람에게는
경쟁자가 없습니다. 삼각관계도 없는 법입니다.

22

젊어지는 셈법

영화음악의 거장인 작곡가 엔니오 모리꼬네.

그는 40여 년 동안 그 유명한 '석양의 무법자'를 비롯해

미션, 러브어페어, 시네마천국 등 500여곡의 영화음악을 만들어

우리에게 많은 감동을 주었습니다.

여든이 넘은 나이인 2007년.

그는 아카데미 공로상을 수상합니다.

시상식장에 오른 그는 짧지만 인상 깊은 수상소감을 남겼습니다.

"나는 지금 도착이 아닌 출발점에 서 있습니다.
 이제 시작일 뿐입니다."

저는 올해 44살입니다.
40살이 넘고 나서부터 종종 친구들은
40살이면 무엇을 시작하기에
너무 늦은 나이라고 말합니다.

하지만 저는 이렇게 말합니다.

"오늘이 내 인생에서 가장 젊고 어리고 싱싱하고
 펄떡이는 날이야.
 한마디로 오늘 무엇을 시작하기에 가장 좋은 날이지."

이렇게 말하는 이유는

저는 39살이 되어서야
유머코치가 되었기 때문입니다.
그리고 유머가 무엇인지도 몰랐던 아내도
저와 같이 매일 아침 유머를 나누다가 유머코치가 되었고
최초의 부부유머코치가 되었기 때문입니다.

무엇이든 좋아해서 반복하는 순간 또 다른 청춘이 시작됩니다.

나이 들었다고 생각하세요?
그럼 100에서 거꾸로 숫자를 세어보세요.

정말로 한참을 세고서야 자신의 나이에 도달하게 될 겁니다.
네, 언제 시작해도 가장 빠른 것이 우리 인생입니다.

·23·
판단하면 사랑할 수 없다

학교에서 성적표를 받아온 아들이
기분 좋은 표정으로 아빠에게 성적표를 내밀었습니다.
"우와! 우리 아들 잘 했어, 정말 멋지다."
그러자 칭찬받은 아들이 부끄러운 표정으로 이렇게 대답합니다.
"아빠 아들이잖아요."

칭찬은 바로 머리 위로 던지는 공과 같습니다.
다시 내 손으로 곱게 떨어지는 법이지요.

이런 유머도 있지요.

남편이 사온 선물을 받아든 아내가 말합니다.

"우와 멋져요 고마워요.

 정말 당신은 물건 보는 눈이 있는 것 같아요."

그러자 남편이 지긋이 미소를 지으며 대답합니다.

"그럼 그래서 내가 당신을 선택했잖아."

닭살 돋는다고요?

아닙니다. 사랑하는 사람은 서로를 최고라고 생각했기 때문에

선택하고 선택받은 사람입니다.

시간이 지나면서 최고인 서로는 그대로인데

서로를 바라보는 시선이 변할 뿐입니다.

얼마 전에 유쾌하지 않은 유머 하나를 만났습니다.

[엄마가 보는 자녀의 등급]
1등급 자녀 : 공부를 잘한다
2등급 자녀 : 성격이 좋다
3등급 자녀 : 건강하다
4등급 자녀 : 지애비 닮았다.

사랑하는 가족을 이렇게 바라본다면
가족이 아니라 '가' 자가 떨어진 '족' 만 남는 것과 같습니다.

제가 존경하는 마더 테레사 수녀님께서는 이렇게 말씀하셨습니다.
"판단하면 사랑할 수 없다."

가족은 판단의 대상의 아니라 사랑의 대상이라는 거,
잊지 않고 살면 얼마나 가정이 아름다울까요?

감정의 호스를 펴라

"부부간에 하루에 2분 37초?"
뭐냐구요? 하하하 오해하지 마세요.

국내 한 연구기관의 발표에 의하면
부부가 하루에 서로의 눈을 보며 감정을 나누는 대화시간이
고작 2분 37초래요.

감정을 나누는 대화가 부족하면 마음이 멀어집니다.

부부문제의 많은 부분이 바로 소통의 부족에서 생기고
그로인해 오해와 갈등이 생기고 급기야 이혼이라는 위기에
봉착하게 됩니다.

이러한 부부문제의 중요성을 정부에서 파악하고
부부간에 대화 좀 하라고 오죽하면 서울 지하철 3호선에
이런 지하철역을 만들었겠어요?
"대화역"
믿거나 말거나.

제가 아는 분은 저녁에 집에 가면
아내에게 꼭 이렇게 물어본다고 합니다.
"당신 오늘 즐거웠어?"
"당신 얼굴 보니 정말 행복해 보이는데, 무슨 좋은 일 있었어?"

그럼 아내는 기분이 좋아지면서
하루 종일 있었던 이야기를 줄줄이 늘어놓는다고 합니다.
이렇게 하는데 5분도 걸리지 않는데
서로의 기분과 감정을 이해하며
사랑을 확인하는 최고의 방법이라고 극찬합니다.

사람들은 아침에 눈을 뜨고 저녁에 잠자리에 드는 순간까지
이성적인 좌뇌 중심의 생각을 합니다.
그래서 늘 이런 좌뇌형 질문과 대화를 합니다.
"어떻게 생각하세요?"
"당신 생각이 맞는 것 같아요!"

잘 나오던 수돗물 줄기가 갑자기 가늘어질 때는 어딘가 꼬여있기
때문입니다.
이제부터 생각보다 기분을 먼저 물어보세요.

그럼 꼬여있는 감정의 호스가 뻥 뚫리며
좋은 생각까지 덤으로 흐르게 될 것입니다.

25

도둑맞지 않는 법

미국이 낳은 유명한 육상선수 칼 루이스가

뛰어난 선수가 되기까지는 그만한 이유가 있었습니다.

그가 살았던 도시는 교통 상황이 너무나 나빠

교통지옥이라고 불릴 정도였습니다.

나쁜 교통 상황 때문에 그는 언제나 모터사이클을 타고 다녔죠.

어느 날 도둑이 그의 교통수단인 모터사이클을 훔쳐갑니다.

얼마 후 다시 자전거를 샀지만 그것마저 도둑맞습니다.

화가 난 루이스는 다시는 오토바이나 자전거를 사지 않겠다고
다짐하며 12킬로미터나 되는 먼 길을 매일 뛰어다닙니다.
출근 시간과 퇴근 시간을 합해 하루 24킬로미터를 매일
달렸던 것이죠.

그는 훗날 올림픽에서 금메달을 획득한 후 인터뷰에서 이렇게
말합니다.

"어느 도둑도 달리기만은 훔쳐갈 수 없었습니다."

매일 그렇게 달린 결과
그는 세계 제일의 달리기 선수가 될 수 있었습니다.

세상이 빼앗아 갈 수 없는 것이 있습니다.
바로 몸 안에 저장하면 결코 빼앗기지 않습니다.

머릿속에 저장된 지식은 시간이 지나면 퇴색되지만
몸 안에 저장된 경험은 녹슬지 않고
평생 한 사람의 인생을 좌우합니다.

10계단에 −1.4Kcal
1분에 −12Kcal

WOW!

살은 생각으로 빼는 것이 아니라
몸으로 빼는 것이예요 ^^

26

행복을 만드는 비교의 법칙

한 여성잡지에서 재미있는 조사를 했습니다.
"우리나라 남편들이 가장 싫어하는 남자는 누구일까?"

그런데 놀랍게도 이웃집 남자가 뽑혔습니다.
이유는 늘 아내들이 이렇게 말하기 때문이래요.
"이번에 이웃집 남자가 새 차를 샀다더라…."
"이웃집 남자는 아내를 잘 배려한다더라…."
 이웃집 남자는 인간성이 좋다더라…."

그래서 대한민국 남자들이 차를 바꾸는 이유에 대한 유머가
나왔나 봅니다.
3위 차가 오래 돼서
2위 새 차가 나와서
1위 옆집 남자가 새 차를 사서

우리는 본능적으로 비교합니다.
비교해서 우위에 있으면 행복해지고
뒤처진다고 생각하면
곧바로 불행감을 느낍니다.

사람들은 호박과 수박을 애써 비교하면서 말합니다.
"호박에 줄친다고 수박되나?"
하지만 호박은 산모에게 최고이고 수박은 더운 여름에 최고입니다.

사람은 만물의 영장으로 태어났습니다.
한마디로 이 지구상에서 최고로 태어났다는 의미입니다.
이미 최고인데 더 무엇과 비교한단 말입니까?

최고는 비교하거나 비교 당하지 않는 법입니다.
남편도, 아내도, 자녀도, 부모도, 형제자매도 비교대상이 아닙니다.
그저 있는 그대로 최고로 생각하며 즐기면 됩니다.

미국 노스웨스턴대 연구진이
은메달과 동메달리스트의 표정을 분석해
행복점수를 매기는 실험을 했습니다.
그런데 동메달리스트는 10점 만점에 7.1점
은메달리스트는 고작 4.8점으로 낮은 행복점수가 나왔습니다.

은메달리스트의 비교기준은 금메달이었고,

동메달리스트는 '노메달'이 비교기준이었기 때문입니다.
세계에서 가장 짧은 시 한편 소개할까요?

제목: 불행의 시작

　　　비교!

27

낸시여사의 사랑법

미국에서 제일 존경받는 대통령 중 한명인 로널드 레이건.

그가 치매에 걸렸을 때 한 기자가 부인 낸시 여사에게 물었습니다.

"남편 레이건을 어쩌면 그렇게 지극정성으로 사랑하실 수

있습니까? 사랑이 도대체 뭐라고 생각하십니까?"

그러자 낸시여사 왈.

"부부간의 사랑이란 50대 50이 아니라 80대 20입니다.

최소한 받는 것의 4배를 더 주어야 사랑이 시작됩니다."

이 말을 듣고 쇼킹했습니다.
늘 공평하게 받는 대로 주는 법이고
주는 대로 받는 것이 사랑이라고 생각했는데
낸시 여사는 받는 것보다 최소한 4개를
더 주는 것이 사랑이라고 말합니다.

한 개 주고
또 한 개 주고
또 한 개 주고
또 한 개 주는 사랑
아름답기까지 합니다.

사람간의 관계도 마찬가지가 아닐까요?
하나를 주고 하나가 돌아오지 않아
미리 아쉬워하고

둘, 셋을 줬는데도 하나조차도 돌아오지 않을 때
헤어짐을 생각하는 우리
성급한 마음을 갖는 순간 관계는 멍이 듭니다.

주면서도 또 주고 싶은 마음을 사랑이라 했던가!
사랑을 다시 생각해봅니다.

28

70점의 행복

아버지 : 여보, 이 고지서 좀 봐!

　　　　세금, 월세, 전화료, 보험료, 신용카드대금 모든 게 올랐어.

　　　　세상에 내려가는 것은 하나도 없어.

그러자 아들이 옆에 있다가 무언가를 내밀며 말했다.

"아버지 걱정마세요. 여기 제 성적표!"

언젠가 유머특강이 끝났는데 한 어머니가 와서 아들이야기를
합니다.

얼마 전에 초등학교 1학년이 된 아들이 학교에서 돌아오자마자
싱글벙글거리면서 처음으로 시험을 봤다면서 성적표를 내밀더래요.
그런데 에게 이건 뭐야? 겨우 70점 맞았더래요.

짜증이 나는 걸 참고 아들에게 물었습니다.
"아니 넌 70점 맞은 게 뭐가 그렇게 좋아서 싱글벙글이니?"
그러자 아들이 대답하더래요.
"응 엄마 우리 반에 70점도 못 맞은 애들이 많아.
  그리고 첫 번째 시험에서 70점이면 잘 한 거 아니에요?"

엄마가 어이없어하며 한마디 덧붙였대요.
"이 엄마는 초등학교 때 늘 90점 넘었다."
그러자 아들의 대답.
"피, 엄마는 늘 이렇게 말했잖아
  열심히 하는 것이 중요하다고 했잖아. 난 열심히 했어요"

아이의 긍정적인 생각을 보면서
그 어머니께서 많이 반성했다더군요.

불행은 늘 비교하는데서 생깁니다.
특히 내가 가진 가장 나쁜 것과
남이 가진 가장 좋은 것을 비교하는 습관은
최악의 상황을 만들어냅니다.

이왕 비교할 바에는 이런 방법은 어떨까요?
안철수 교수는
남과 나를 비교하는 것이 아니라
어제의 나와 오늘의 나를 비교하는 것이
지금의 자신을 있게 한 힘이라고 합니다.

어제의 나와 비교하면 앞으로 쭉쭉 나아갑니다.

29

웃음은 딱지를 이긴다

교통경찰이 과속하는 차를 세웠다.

한 젊은이가 창문을 내리자 교통경찰이 말했다.

"하루 종일 여기서 당신을 기다리고 있었습니다."

그러자 젊은이가 웃으면서 말했다.

"당신이 오랫동안 기다릴 것 같아서 서둘러 왔습니다.

정말 죄송합니다."

경찰관이 살짝 미소를 지으며 벌금티켓을 끊지 않고 보냈다.

집앞에 있는 일방통행 안내문,
작은 실수를 볼 때마다 웃음이 나옵니다,
계속 웃고 싶어서 구청에 신고를 안 합니다, ㅋㅋㅋ

몇 년 전 어버이날
시골에 계시는 부모님을 만나고 올라오는 길.
옆에서 장모님과 통화하던 아내가
통화해보라고 무심코 핸드폰을 건넵니다.
핸드폰을 귀에 대고 통화하려는 순간, 아뿔싸!
톨게이트 앞에서 대기 중인 교통경찰에게
현장범(?)으로 붙잡히고 말았습니다.

차를 세우고 아내와 짧은 순간 대책회의를 했습니다.
무조건 미소전략으로 맞서기로 했지요.

교통경찰 아저씨가 다가오자
최대한 환한 미소를 지으면서 인사를 건넸습니다.
"하하하 안녕하세요? 수고 많으십니다."

그리고 사연을 말했지요.

"경찰아저씨, 오늘 어버이날이라 방금 장모님하고 통화했거든요.

  죄송합니다. 오늘 어버이날이라 제가 큰 실수를 했습니다.

  하하하 한번만 선처해주세요."

미소전략은 성공했지요.

교통경찰 아저씨도 웃으면서

"네 그러셨어요? 장모님께 자주 안부 전하세요.

  하지만 운전중 통화는 안 됩니다."

덕분에 벌금이 아닌 1차 경고장만 받았습니다.

미국의 한 연구기관에 의하면

고속도로에서 과속단속에 걸린 사람들 중

남자들이 여성에 비해 훨씬 많이 딱지를 떼인다고 합니다.

그 이유는 여성운전자들과 남성운전자들의 태도 때문이라고 합니다.

남성들은 단속에 걸리면 인상부터 쓰면서 한판 하자는 태도로
나오고 여성들은 미소를 짓고 잘못을 인정하는 말을 먼저
한다고 합니다.

경찰뿐만이 아니라 엄숙한 분위기의 법정에서도 판사들은
인상이 좋고 웃고 있는 피의자에게
더 적은 형량을 선고한다고 합니다.
웃음과 유머는 인간관계를 부드럽게 하는 최고의 아부약인
셈이죠.

행복할 때 누구나 웃습니다.
하지만 어려울 때 미소짓는 것은
인생을 개척하게 하며
세상을 밝게 합니다.

30

마음을 통하게 하는 유머쪽지

한 기업체에서 강의를 한 후 일주일 쯤 지났을까.

강의를 들었던 그 기업체의 과장님으로부터 전화가 왔습니다.

커가는 아들과 대화가 부족하고,

또 대화하더라도 마땅히 공통 관심사가 없어

그저 데면데면한 관계가 되어버렸는데

유머쪽지로 더 많은 대화를 하게 되었다는 감사전화였습니다.

세종대왕이 만든 우유는?… 아야어여오요우유
우리 아들과 함께 나누어 마시고 싶은 우유는?
"아이러브우유"
우리 아들, 늘 긍정적이고 밝은 표정이어서
아빠는 정말 행복하다. 아들, 사랑한다.
오늘도 파이팅! 아빠가!

대한민국 아빠만큼 바쁜 아빠가 있을까요?
회사에서 살아남기 위해서 고군분투하다보면
어느새 가족은 뒷전일 때가 많습니다.

아내에게 자녀교육을 맡겨두고
혹시 자녀가 잘못되면 아내 탓만 하기 바쁜 남편들에게
자녀들과의 즐거운 관계를 만드는 최고의 방법으로
저는 유머쪽지를 권합니다.

세상에서 가장 뜨거운 바다는?

　"사랑해"

허지만 더 뜨거운 바다는?

　"당신만을 사랑해"

인생 최고의 행복은

자신이 사랑받고 있다는 확신이래!

오늘도 사랑속에서 행복하길 바래!

　　　　－ 최규상. 8.26 －

제가 아내에게 주었던 유머쪽지.

아내가 참 좋아합니다.

고마움과 사랑을 표현하면 놀라운 기적이 벌어집니다.

유치한 유머일지라도 좋습니다. 사랑과 감사를 표현해보세요.
아이는 관심과 사랑을 먹고 삽니다.

가족이라는 이름으로 살게 되면
모든 가족 구성원은 끊임없이 서로에게서 사랑의 흔적을 찾습니다.
사랑의 흔적을 찾지 못하면 외로워하고 마음 아파하지요.

사랑이 깃든 유머쪽지는
비록 유치할지라도 애들 콧물처럼 끈끈한 사랑이 되고
자녀를 향한 해저 2만리 같은 속깊은 사랑이 될 것입니다.

표현되지 않는 것은 사랑이 아닙니다.
표현하지 않아도 알거라 착각하지 마시길…
대한민국 아빠들 파이팅!

마지막으로

이 책을 읽고 있는 모든 독자들님에게 제가 나눠주고 싶은 우유는?

빙그레우유… 하하하

.31.

웃음을 잃어버린 병을 이기는 법

시내버스 버저가 고장 나자
할머니가 운전기사에게 딱 한마디 했더니 차가 멈췄다.
할머니가 한 말은 바로
"삐"

한마디면 차를 멈추게 할 수 있습니다.

그리고 인생을 살면서 이 한마디면 부정적인 생각을

잠실웃음 클럽.
행복해서 웃는게 아니라
웃어야 행복해집니다.
지난 8년 동안 잠실웃음 클럽은
기적을 넘어
이미 전설이 되었습니다.

멈추게 할 수 있습니다.

"하"

이 한마디를 이어보면 이런 소리가 되지요.

하하하하하하하

대표적인 웃음소리인 "하"는 여러 가지 의미가 있습니다.

마음을 내려놓은 下

바다같은 마음을 갖게 하는 河

그리고 여름처럼 가슴을 뜨겁게 하는 夏

벌써 6년 전 일입니다.

잠실웃음클럽을 진행하고 집에 오는데 한 분이

커피 한 잔을 하자고 요청합니다.

기꺼이 커피 한 잔을 하면서 그 분의 이야기를 들었지요.

50대 초반인 그 분은 사업에 실패하여
1년 넘게 자살만을 꿈꾸었다고 말합니다.
그날도 잠실 석촌호수를 걸으면서 어떻게 죽을까 생각하다가
우연히 잠실웃음클럽에서 웃는 사람들을 발견했답니다.
별 미친 사람들이 다 있다고 생각하며
발길을 멈춰서 구경하고 있는데 어느 순간
자신의 얼굴에 미소가 번지면서 급기야 박장대소를 했답니다.

오랫동안 우울증에 걸려 웃음을 잃어버렸는데
자신도 웃을 수 있다는 자신감을 갖게 되었답니다.
이후에도 늘 웃음클럽 뒤편에 서서 웃게 되면서
어느 순간 우울증을 이겨낼 수 있었고
다시 사업을 시작할 수 있게 되어 조금씩 일어서고 있다고 합니다.

저는 우울증을 한마디로 이렇게 규정합니다.

"웃음을 잃어버린 병"

하 하게 되면 근심 걱정을 내려놓게 되고
하 하면 내 마음이 넓어져 세상을 품을 수 있게 되고
하 하면 세상을 이기는 뜨거운 열정과 자신감을 가질 수 있습니다.

넘어진 자에게 하나님은 웃음지팡이를 줍니다.
여러분 곁에도 지팡이가 있습니다.
허리를 곧게 펴서 한번 웃어볼까요? 하하하

사랑을 만드는 한 놈 패기!

아내를 1000% 만족시키는 노하우.

안아주고, 예뻐해주고, 얘기를 들어주고,

유머해주고, 이해해주고, 보살피고, 귀여워해주고,

대화해주고, 먹이고, 재우고, 감탄해주고, 찬사해주고,

칭찬해주고, 붙어있어주고, 자랑해주고, 인정해주고,

전화해주고, 편지써주고, 여행시켜주고, 쓰다듬어주고,

섬겨주고, 수다들어주고, 안정시켜주고, 달래주고, 얼러주고,

뽀뽀해주고, 환심을 사주고, 편들어주고를 매일 매일 한다.

읽으면서 질려 버리셨나요?

어떻게 이런 걸 다 하느냐고요?

미리 겁먹지 마세요. 이걸 다 하는 방법이 있습니다.

바로 하나만 잡고 제대로 하면 나머지 모든 것은 따라옵니다.

부끄럽지만 저는 저 많은 노하우 중에 편지를 선택했습니다.

아내를 처음 만난 후에 100일 동안 편지를 썼습니다.

편지를 쓰게 되면서

신기하게도 나머지 것들도 저절로 다 하게 되더라구요.

그리고 결혼 한 후에는 매일 아침 아내에게 유머를 해줬습니다.

그랬더니 나머지 것들이 저절로 따라왔습니다.

놀라운 것은 아내에게 편지를 쓴 경험이

지금의 "최규상의 유머편지"의 밑거름이 되어
많은 사람들에게 기쁨을 주고 있습니다.
중요한 것은 멈추지 않고 반복해야 사랑의 열매를 맛볼 수 있습니다.

언젠가 제가 친구에게 이런 핸드폰 메시지를 보냈습니다.
"아내에게 사랑받는 최고의 한마디는
'여보 오늘 설거지는 내가 할께'"

이 문자를 받은 친구는 이후에 빠지지 않고 설거지를 도와주게 되면서
아내에게 후한 사랑을 받게 되었다고 자랑합니다.

하지만 이 노하우를 실천할 때는 반드시 반복해야 합니다.
한번 하고 두 번 한다고 기적이 생기지는 않습니다.

반복해야 기적을 넘어 전설이 됩니다.

아내가 선물해준 꽃시계.^^

시계는 시간을 알려주지만,

꽃시계는 시간을 잊게합니다.

33

조수미의 **자존감 기법**

이 세상에서 가장 잘 숨는 것은?

4위 카멜레온

3위 나무나방 애벌래

2위 리모컨

대망의 1위는 자신감

세계 최고의 소프라노 조수미씨는

큰 행사를 끝내면 집에 와서 일기를 쓴다고 합니다.
"조수미 너 오늘 노래 정말 잘했어… 최고야"

그녀는 26년째 일기를 쓰면서

자신을 최고로 인정하는 일기 한 줄이
자신을 최고로 만들었다고 말합니다.

미국의 사상가 랠프 왈도 에머슨도 말했지요.
"성공의 첫 번째 비결은 자신감이다."

비판을 이기는 방법

대한민국 유치원에서 아이들이 하는 욕 시리즈 우머가 있지요.

5위 : 얼레리 꼴레리 누구는 누구를 좋아한데요.

4위 : 너 까불면 혼난다. 우리 집에 큰 개 있어.

3위 : 넌 아프리카 깜둥이야.

2위 : 누구 누구 똥은 칼라똥이래요.

그리고 1위는 반사!

늘 명랑하게 웃음을 잃지 않는 직원이 있었습니다.

그 직원은 어떠한 비난이나 욕을 들어도 늘 태연했대요.

옆에 있던 동료가 그 비결을 물었더니 이렇게 대답하더래요.

" 누가 당신에게 선물을 줬는데

  받기에 너무 부담스러워 거절했다면 그 선물은 누구 것일까요?"

" 당연히 선물한 사람에게 다시 돌아가겠죠?"

" 그럼 저 욕은 누구 것일까요?"

우리는 받고 싶지 않은 것을 받지 않을 자유가 있습니다.

받고 싶지 않는 말.

받고 싶지 않는 부정적인 것들을 들었을 때

이렇게 마음속으로 한마디만 하자구요.

"반사!"

·35·

돈 만드는 감사법

제가 아는 한 분은 한 때 식당이 안됐다고 합니다.

음식 맛은 좋은데 손님이 없어 고민하다가

손님 중에 한 분인 경영컨설턴트에게 살짝 장사 성공 비법을

물었대요.

"이렇게 해보세요.

가게 앞에 지나가는 사람들 목덜미에 대고

감사합니다라는 말을 해보세요.

당연히 들어오는 손님에게도

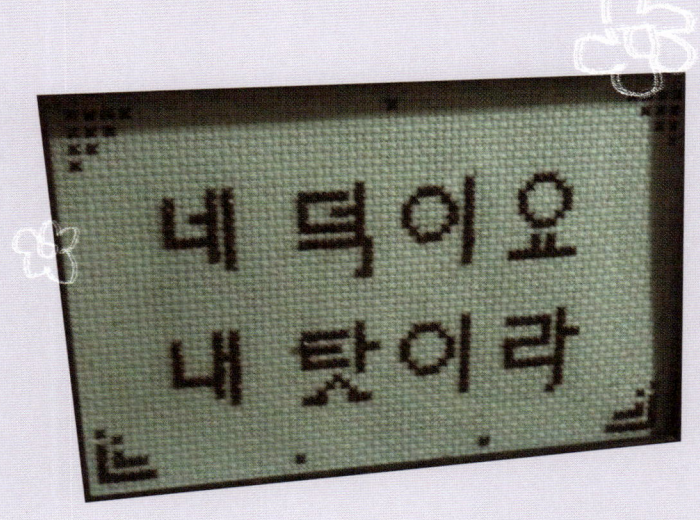

네 덕이요 내 탓이라

네 덕이요 내탓이라라는 말이 뒤집어지면
내 덕이요 네탓이다가 됩니다.
남을 탓하면 인생은 지뢰밭이 됩니다.

식사하고 나가는 손님에게도 감사합니다라는 말을 반복하세요."

그대로 했더니 신기하게도 매출이 올라서 신바람이 났다고 합니다.

일본의 한 제과회사는 아침에 출근하면
전 직원이 모여서 "감사합니다"라는 말을 천번을 읊조린다고
합니다.
그것을 녹음해서 빵 재료가 있는 창고에 들려주고,
빵이 만들어지는 제조 과정에도 감사합니다라는 말을
반복해서 들려준다고 합니다.
이렇게 만들어진 빵은 고객의 입맛을 사로잡았다고 합니다.

"감사합니다"라는 말은 사람을 기분좋게 마취시키는 마취제와
같습니다.
오늘도 이유없이 감사를 100번만 읊조리고 하루를 시작해보세요.

만나는 사람마다 감사하다고 말해보세요.

1930년대의 시인이었던 공초 오상순 선생은
만나는 사람마다 이 말을 반복했다고 합니다.
"고맙고, 반갑고, 기쁩니다."

감사하고 고마운 사람의 마음을
외면할 수 있는 사람은 세상에 없습니다.

36

강남건설의 유머경영

[문제1] 다음 문제에 적절한 대답을 쓰세요.

제목 : 어쩌다 떨어지셨어요?

한 건달이 시골길을 걷다가 일하고 있는 농부에게 건방지게 물었다.
"어이, 아저씨, 혹시 방금 전에 원숭이를 가득 실은
 트럭이 지나는 걸 봤나요?"

그러자 건달의 태도에 기분이 나빠진 농부가 툭하고 한마디 던졌다.
자! 어떻게 대답하면 건방진 깡패의 질문을 재치있게 되돌려
줄 수 있을까요?

강남에 있는 원룸전문건설회사인 강남건설의 입사시험문제입니다.
지원자들의 유머감각을 테스트하는 시험이기도 하지만
관찰력을 테스트하는 문제이기도 합니다.

정답은 바로 제목에 이미 제시되어 있습니다.
"아니 어쩌다 트럭에서 떨어지셨어요?"

얼마 전 이 회사를 방문했을 때 이 회사가 얼마나 즐겁고
재미있는 회사인지 순식간에 느낄 수 있었습니다

화장실 앞에 이런 문구가 쓰여 있습니다.

"多不有時
　이곳은 똑똑한 사람만 다니는 곳입니다.
　반드시 똑똑하세요"

회사 식당에는 이런 문구가 붙어 있습니다.

"불나면 119
　전화번호를 모를 때는 114
　심심할 때는?"

정답은 369입니다. 심심할 때는 369게임이라는 의미죠.

이 회사의 점심시간 원칙은 반드시 유머로
전 직원이 한바탕 웃고 나서 식사를 한다는 것이었습니다.

저는 손님이었지만 유머퀴즈를 내며 동참했습니다.

"부자들은 로또를 안 산다고 합니다. 왜 안 살까요?"

순식간에 정답이 튀어나옵니다.

"인생이 역전될까봐서요!"

정말 그렇게 와자지껄 시끄럽게 점심을 함께 하는 직원들을 보면서
실제로 삶과 직장속에서 웃음과 유머를 실천하는 이석완 대표의
여유와 실천력이 부러웠습니다.

언젠가 함께 칼국수식당에 갔는데 이석완 대표가 주문을 합니다.

"아줌마 여기 칼국수 둘이요.

 그리고 제가 치아가 좋지 않으니까 칼은 빼고 국수만 주세요."

칼국수를 맛있게 먹고 있는데 눈치 빠른 주인아주머니가 와서
묻습니다. "공기밥을 좀 드릴까요?"

그러자 이번에도 멋지게 대답합니다.

"네 공기는 빼고 밥만 주세요. 하하하"

이석완 대표는 수 많은 사업실패를 하면서
성공의 기본은 웃음과 유머라고 확신합니다.

즐겁고 재미있는 직원들은 회사를 떠나지 않으며
떠나도 회사를 그리워하게 만드는 것이 진정한
유머경영이며 Fun경영이라고 말합니다.

사람이든 회사든 재미있으면 떠나지 않습니다.

37

감사로 유혹하라

언제부터인가 아내가 잠자기 전에
침대위에서 무엇인가를 끄적이기 시작합니다.
슬쩍 봤더니 이런 내용이 정성스럽게 쓰여 있습니다.

"오늘 아무 일없이 지나서 감사합니다."
"남편이 있어서 감사합니다."
"맛있는 음식을 먹어서 감사합니다."

내용이 참 유치뽕짝입니다.

하지만 지켜보는 남편으로써 참으로 행복합니다.

미국의 로버트 에몬스교수는 하루에 5개의
감사를 손으로 직접 쓰면 행복지수가 올라간다는
연구결과를 발표했습니다.

감사는 참 쓸모 있는 말입니다.
감사하는 사람은 저절로 행복해지고,
또 감사를 듣는 사람은 더 행복해집니다.

감사일기를 써보면 어떨까요?
그리고 슬쩍 남편이나 아내가 읽을 수 있도록
눈에 띄는 곳에 살짝 놓아두고

나의 감사하는 마음을 볼 수 있도록 유도해보면 어떨까요?

자신이 누군가의 감사의 대상이 된다는 것
엄청 유쾌한 일입니다.

노트하나 장만해서 하루에 다섯 개만 써보세요.

감사하는 아내 옆에 행복한 남편이 있고,
감사하는 부모 밑에 행복한 자녀가 있습니다.

제가 제일 좋아하는 말이 "물든다"라는 말입니다.
좋은 사람과 함께 하면 얼굴도 마음도 곱게 물들어갑니다.
감사하는 마음으로 물들면
세상이 다 곱게 물들어 갈 거라 믿습니다.

38

긍정단어 사냥법

미국 최고의 동기부여가인 앤서니 라빈스가 지은
『네 안에 잠든 거인을 깨워라』라는 책을 보면
긍정을 만드는 방법이 있습니다.
하루를 시작하기 전에 긍정적이고 밝은 단어들을 읽는 것입니다.
다음 단어를 한번 읽어 볼까요?

매력적인, 편안한, 만족스러운, 호기심 많은, 결단력 있는, 원기 왕
성한, 눈부신, 열렬한, 끝내주는, 환상적인, 최고의, 활력 넘치는, 쾌

활한, 가슴 설레는, 굉장한, 마음을 사로잡는, 사랑이 넘치는, 열정적인, 완벽해, 근사한, 멋있어, 잘하는데, 행복한, 기분 좋은, 도전적인, 해볼만한, 기대되는, 현명한, 아름다운,

손명찬씨가 쓴 『꽃단배 떠가네』에도 유사한 내용이 있습니다.
착한, 예쁜, 아름다운, 사랑스러운, 멋진, 고마운, 행복한, 신나는 등등
해맑고 좋은 단어를 소리내어 읽다보면 저절로 행복해진다는 겁니다.
그는 이것을 "좋은 소리 내기"라고 합니다.

사람의 마음은 어디로 튈지 모르는 럭비공과 같습니다.
여름날 소나기처럼 퍼 붓다가 순식간에 쨍쨍 내리쬐는 날씨와 같이
우리 마음도 제 마음대로 뛰어놉니다.

이렇게 마음이 제멋대로 뛰놀 때

긍정의 단어를 입으로 사냥하는 것은
긍정의 습관 중에 가장 탁월한 방법입니다.

여러분이 좋아하는 단어를 한번 적어보세요.
그리고 반복해서 읽어보시면 기분도 좋아지고,
자신감도 덤으로 얻게 될 겁니다.

저는 "명랑" 이라는 단어를 좋아합니다.
늘 밝고 명랑한 얼굴과 생각을 그리워하고 꿈꾸기에…

·39·
행복과 성공을 만드는 인격

세계적인 첼리스트인 파블로 카잘스에게
한 젊은이가 물었습니다.
"어떻게 하면 당신처럼 유명한 첼리스트가 될 수 있을까요?"

그러자 카잘스는 짧게 대답합니다.
"먼저 사람이 되세요.
  그리고 나서 유명한 음악가가 되고
  마지막에 유명한 첼리스트가 되세요."

존 맥스웰의 『위대한 영향력』이라는 책에 보면
이런 내용이 나옵니다.

"많은 사람들이 지식을 가지고 잠시 성공한다.
 몇몇 사람들이 행동을 하고 조금 더 오래 성공한다.
 하지만 소수의 사람들은 인격을 가지고 영원히 성공한다."

사람다운 사람이 되는 것은 좋은 인격을 가진 사람이겠죠?

몇년 전에 유머코칭을 해드렸던
이문원 원장은 한의원을 운영하는데,
웃음의 중요성을 잘 알고
웃음을 한의원 운영에 잘 접목하고 있는 분입니다.
그분은 늘 "웃음은 인격이다"라고 강조합니다.
웃음이야말로 사람을 사람답게 만들고

인격을 인격답게 만든다는 거죠.

그분은 병원을 개원하고 많은 직원들과 어울려 지내다보니
일에 대한 경험과 지식이 부족해도 잘 웃는 직원은
일을 배우면서 금방 잘 하게 되지만
웃음이 없는 직원은 아무리 배워도 그 자리에서
맴돌다가 결국에는 이직을 한다고 말합니다.

이런 멋진 예화가 있습니다.
미 개척시대에 한 영국 선교사가 미국에 도착했습니다.
어느 날 온 몸에 털이 난 동물(?)을 만났는데
원숭이인지 사람인지 구분할 수 없었답니다.
그래서 영국에 전보를 보냅니다.
"사람과 원숭이를 구분하는 방법을 알려 달라."
전보의 답장은 매우 짧았습니다.

"웃는 놈은 사람이고, 웃지 않는 놈은 원숭이다."

역시 사람에게 가장 어울리는 것은 웃음입니다.
그것이 사람다운 사람이 되는 탁월한 방법이겠죠?

이 책을 읽는 사람들이여! 웃자구요 하하하

. 40.
즐기면 부자가 된다

영화배우 유해진.
그는 출연한 영화마다 맛깔난 연기를 선보이며
대박을 만들어냅니다.

그는 약간 튀어나온 구강구조를 가지고 있습니다.
하지만 그는 튀어나온 입술로 웃길 줄 아는 멋쟁입니다.

"미용실에 가서 머리를 깍으면

머리카락이 바닥으로 떨어져야 하는데
저는 튀어나온 입술 위로 떨어집니다. 하하하"

이런 위트가 있었기에 그의 연기는 늘 맛깔납니다.

아인슈타인은 노벨상 수상인사로 이렇게 말했습니다.
"나를 키운 것은 바로 유머였고, 내 최고의 능력은 조크다."

유머와 위트를 즐기게 되면서
저도 제 몸을 가지고 위트의 소재로 삼습니다.

저는 전체 어금니를 금니로 할 정도로 치아가 좋지 않습니다.
20대 때 한 친구가 내 금니를 보고
지저분하고 치아관리를 못하는 게으름뱅이라고 한 말을 듣고 난 후
금니를 사람들에게 보여주는 것이 죽기보다 싫었지요.

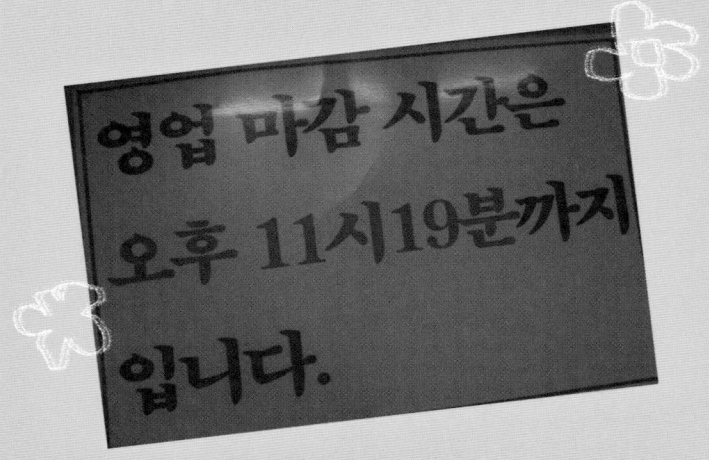

영업 마감 시간은

오후 11시19분까지

입니다.

한 삼겹살집에서 만난 문구.
웃으면서 먹으니 더 맛있더군요.

입을 벌리고 싶지 않으니 당연히 웃는 것도 인색했지요.

하지만 이제는 유머를 가지고 놉니다. 이렇게요.
"저는 정말 부자입니다.
 얼마나 부자면 제가 입안에 금은방을 다 차렸겠습니까? 하하하"

유머를 즐기다 보면
어느새 유머가 내 안의 긍정을 키우고
나를 가지고 놀 수 있게 해줍니다.

자신의 단점만큼 탁월한 유머의 재료는 없습니다.
신체적인 단점이 있다면 당신은 이미 탁월한 유머소스를
가지고 있습니다.
그리고 평생 재탕해도 결코 지겹지 않은 품격유머가 되지요.

41

큰 웃음 속에 깃든 행복

어렸을 때
시골집 처마에 집을 짓고 사는 제비는
늘 호기심의 대상이었습니다.
집을 짓고 새끼를 낳고 기르는 것이 궁금해
사다리를 타고 올라가 몰래 지켜봤던 기억도 있습니다.

부지런히 엄마제비와 아빠제비가 먹이를 물어다주는 것을
보면서 어떻게 골고루 먹이를 먹일까? 궁금했습니다.

이후에 TV에서 동물의 왕국을 보면서
모든 동물들이 새끼를 낳고 키우면서
골고루 먹이를 먹이는 방법이 더 궁금해졌습니다.

그리고 나중에야 어미는 간절하게 입을 크게 벌리고
먹이를 갈구하는 새끼에게 먹이를 물린다는 것을 알았습니다.

방금 전에 먹이를 먹어 배가 부른 새끼는
입을 벌려 흉내만낼 뿐 간절한 몸짓은 없습니다.
하지만 허기진 새끼는 온몸으로 배고픔을 호소하며
힘껏 입을 찢어 엄마의 먹이를 차지합니다.

제비와 동물들을 보면서
사람도 똑같다는 생각을 해봅니다.
행복과 성공에 갈급하거든

입을 크게 벌려 웃어야 한다는 거지요.

하나님이 사람들에게 복을 줄 때 누구의 입에 복을 물려줄까?
크게 웃으면서 행복을 원하는 사람에게 물려줄 겁니다.

웃음은 복이 들어오는 입구입니다.
웃게 되면 광대뼈가 자극되고 광대뼈에 있는 근육과 신경은
다시 면역세포를 자극해 신체면역을 강화시킵니다.
그래서 웃게 되면 건강과 행복을 얻을 수 있습니다.

저는 요즘에 돈을 쓸 때 이렇게 읊조립니다.
"세종대왕 마마 안녕히 가세요.
  제가 웃어 드릴테니까 세상 구경하시다가 힘드시거나
  제 웃음소리가 그립거든 언제든지 저에게 또 오세요. 하하하하하"

웃으면 건강복, 행복, 인복뿐만이 아니라
돈복까지 올 거라 확신합니다.

42

사람에게 주목받는 법

강의가 끝난 후에 유독 크게 웃는 한 분이 와서 묻습니다.
"어떻게 하면 강의를 잘 할 수 있나요?"

갑작스러운 질문에 나만의 노하우를 살짝 공개했지요.
"네, 웃는 사람을 보면서 강의를 하면 자신감이 생기고
 강의를 즐기게 됩니다."

실제로 저는 강단에 서면 제일 먼저

얼굴에 웃음이 가득한 사람을 찾습니다.

그리고 수업 내내 그 사람을 집중적으로 바라보면서
강의를 하게 되면 신기하게도 신바람이 나고
신바람이 나니 더 멋진 강의가 됩니다.

당연히 많은 사람들과 대화중에도 본능적으로
나를 향해 미소 지어주는 사람을 찾아서 그를 바라봅니다.
웃는 사람을 보면서 대화를 하다보면
대화가 즐겁게 되고 이야기가 술술 풀리게 됩니다.

웃음은 보이진 않지만, 기분 좋은 에너지를 만들어냅니다.
그리고 웃음은 전염성이 강해
한 사람으로 인해 모든 사람이 행복해집니다.

제주의 한 펜션에서 만난 반가운 문구!
함소인. 웃음을 머금은 사랑이란 뜻이죠.

세상이 힘들다고 허리는 졸라매도
결코 얼굴은 졸라매지 마세요.

잔뜩 졸라매어 딱딱해진 당신의 얼굴은
당신을 바라보는 모든 사람의 즐거운 기분을 갉아먹습니다.

하지만 웃는 순간,
당신은 모든 사람들의 행복의 원천이 됩니다.

43

여유를 만드는 나이 놀이법

누구나 경험하겠지만 세월은 참 화살같이 빠릅니다.

그래서인지 얼렁뚱땅 먹어버리는 나이는

많은 사람들의 관심사이며 멋진 유머소재가 됩니다.

가끔씩 사람들과 대화할 때 이런 위트를 던집니다.

"자, 오렌지를 10번만 말해보세요."

"오렌지, 오렌지, 오렌지, 오렌지, 오렌지,

오렌지, 오렌지, 오렌지,오렌지, 오렌지"

"그럼 백설공주는 뭘 먹고 죽었을까요?"

"사과"

"하하하 백설공주는 늙어서 나이 먹고 죽었습니다."

많이 먹으면 죽는 줄 알면서도

어쩔 수 없이 먹어야 되는 것이 나이입니다.

모든 사람들이 나이를 먹어야 하니

나이야말로 가지고 놀기에 가장 좋은 소재가 됩니다.

언젠가 강남 교보문고 강의가 끝난 후에

50대의 아주머니가 와서 묻습니다.

"근데 소장님은 올해 몇 살이세요?"

그래서 가볍게 대답했죠.

"저요? 삼겹살요."

당연히 그 아주머니 뒤집어집니다.

그 전날 아내가 똥배를 보며 삼겹살이니 오겹살이니 놀려댔던
기억이 떠올라 무심코 대답했는데 멋진 유머가 되었죠.

얼마 전에 만났던 한 어르신도 이렇게 나이를 풍자합니다.

"늙을수록 밥을 많이 안 먹어도 배가 불러요."

"아니 왜요?"

"나이를 얼마나 많이 먹었던지, 하하하"

나이를 풍자할 수 있으면 멋진 대화소재가 되고
공동의 관심사이기 때문에 쉽게 웃을 수 있습니다.

한 환자가 의사에게 물었다.

"뭘 먹으면 안되나요?"

의사가 대답했다.

"나이만 먹지 말고 다 드세요. 하하하"

즐겨버리면 나이든 세월이든 무슨 상관입니까?
어차피 우리 모두는 언젠가 지구를 떠나는 여행자일뿐인데…

이 멋진 지구여행길.

피할 수 없다면 즐겨버리고
즐길 수 없다면 피해 버리자구요!

·44·
사랑받는 가장 쉬운 법

"최규상의 유머편지(www.humorletter.co.kr)"를 쓰다보면
종종 상담을 요청하는 분이 계십니다.

50대 초반의 주부들이 많은데
남편과의 불화와 갈등으로 이혼을 고민하는 분,
잦은 부부싸움으로 극한 스트레스를 받는 분들입니다.

그럼 먼저 함께 앉아서 종이 한 장을 건네주고 말합니다.

"남편이 당신에게 해 주었으면 하는 바램을 세 가지만 써보세요."

그까짓 세 가지쯤이야 하면서 순식간에 써 내려갑니다.

1.

2.

3.

다 쓰고 나면 저는 이렇게 말합니다.

"다 쓰셨어요?

그럼 내일부터 쓴 대로 남편에게 해주세요.

그럼 얼마 지나지 않아 남편이 받은대로 돌려 줄 겁니다."

여러분도 한번 써보세요.

아내든, 남편이든, 직장동료든, 친구든, 주위 사람들에게

받고 싶은 것 세 가지만 작성해보시고
내일부터 받고 싶은 것들을 먼저 실천해보세요.

저는 이렇게 썼습니다.
1. 아내가 당신 최고야라고 더 자주 칭찬해줬으면 좋겠다.
2. 아내가 나를 보면 더 반갑고 기쁘게 웃어주면 좋겠다.
3. 아내가 나를 볼 때마다 당신은 잘 할 수 있어라고 말해주면
   좋겠다.

받으면 돌려주겠다는 생각은 가난으로 가는 생각입니다.
먼저 주겠다는 생각이 복을 받는 부자의 생각입니다.

펀리더십 센터의 김홍걸 소장은 늘 말합니다.
"당신은 사랑받기 위해서 태어난 사람이라는 노래를 들으면서
   의아했습니다. 이제부터는 당신은 사랑주기 위해 태어난 사람으로

바꿔야 합니다.

사람은 사랑받기 위해 태어났다기 보다는 사랑하기 위해

태어났으니까요."

더 이상 사랑을 구걸하지 말고 먼저 주려고 노력해보세요.

사랑받으려고만 하는 사랑거지의 심리가 행복거지를 만듭니다.

세상에 나눠줄 사랑이 없을 만큼 빈곤한 사람은 없습니다.

45

장군감같은 칭찬

대한민국 모든 사람들이 다 아는 유머 하나.

아내가 금상첨화라는 대답을 기대하며 남편에게 물었다.

아내 : 여보 나처럼 얼굴도 예쁘고 성격도 좋고

　　　 살림도 잘 하는 것을 사자 성어로 하면 뭐라고 할까?

남편 : 자화자찬?

아내 : 아니 그거 말고

남편 : 그럼, 과대망상?

나
귀
반
사

예
여
했
걸

뻐
워
지

자신감은 겉으로 다 드러나는 법인가 봅니다. ^^

아내 : 아니, 금자로 시작하는 말 있잖아

그러자 남편이 알았다는 듯 무릎을 탁치며 자신있게 대답했다.

"금시초문"

뻔히 알면서도 못하는 것이 바로 칭찬 한마디입니다.

사람은 사람을 만날 때 끊임없이 인정과 관심의 흔적을 찾습니다.

그래서 칭찬 한마디는 인정의 흔적이 되어

사람을 행복하게 만듭니다.

어렸을 때 시골에서 자라면서

동네 어르신들이 저에게 했던 말이 있습니다.

"이야, 규상이는 갈수록 미남이 되가는데…"

"엄마 말도 잘 듣고 공부도 잘 한다면서?"

"규상이는 갈수록 더 착한 것 같다."

실제로 공부를 잘해서, 잘 생겨서, 장군감이어서 한다기보다는
격려와 칭찬의 힘을 아는 어르신들의 지혜로운 한마디지요.
칭찬 한마디가 아이의 인생에 지대한 영향을 미친다는 것을
동네 어르신들은 알기에
내 자식, 네 자식 구분하지 않고 늘 칭찬하고 인정해줬던 것입니다.

지금까지도 기억하는 칭찬 한마디가 있습니다.
"규상이는 정말 장군감이다."
전혀 장군감이지 않았던 내 성격과 체격임에도 불구하고
그냥 기분이 참 좋았습니다.

그리고 수십년이 지난 지금에야 그 말은 현실이 되었습니다.
"나는 대한민국 웃음장군이며, 유머장군이다."
뭐, 자뻑같은 말이지만 내가 행복하면 됐지
뭐가 또 필요하겠습니까? 하하하

46

방앗간 아줌마의 긍정

어렸을 때 살았던 시골동네에는 방앗간이 있었습니다.

방앗간 주인 아저씨와 아줌마는 금슬 좋기로 소문나 있었지요.

그런데 어느날 방앗간 사고로 아저씨가 왼 손가락 두 개를

잃어버렸습니다.

그런데 아줌마는 이렇게 말합니다.

"그래도 감사하지요. 두 개밖에 잃지 않았잖아요."

그래도 동네사람들이 걱정하자

"사고당한 손이 오른손이 아니라 왼손이어서
 정말 천만 다행이지요."

그런데 몇 년 후
아주머니의 둘째 아들이 오토바이 사고로
그만 운명을 달리했습니다.

아줌마는 그 상황에서도 이렇게 말합니다.

"마음 아프지만, 그래도 큰 아들은 건강하잖아요."

어린 나이에 들은 방앗간 아주머니의 말은
지금까지 긍정의 힘을 깨닫게 해주는 사례입니다.

긍정의 위대함을 알지만,
긍정을 실천하기는 쉽지 않습니다.

어려움에 처했을 때
상황을 이겨내는 한마디는 강력합니다.
"그래도 감사하지요!"

47

기회와 후회의 갈림길

개그우먼 중에 가장 위트가 넘치는 사람을 꼽으라면
저는 김신영씨라고 꼽습니다.
그녀의 번개처럼 내리치는 위트와 재치가 탁월합니다.

얼마 전 TV예능프로에 나온 그녀에게 박미선씨가 묻습니다.

박미선 : 김신영씨, 혹시 뚱뚱하다고 뭐라고 하는 사람 있어요?
김신영 : 네 있어요. 가끔 초등학생들이 "신영이 뚱뚱하다"

"와, 돼지다. 김신영 돼지 메롱"하면서 놀릴 때가 있어요.
박미선 : 기분이 나쁠텐데 그럴 때는 어떻게 대응하세요?
김신영 : "떼끼!"하면 더 놀리잖아요. 그래서 저는 웃으면서 조용히
        아이에게 귓속말로 한마디 합니다. 이렇게요.
        "이 모습이 너의 3년뒤에 모습이야"
        그럼 조용해집니다.

세상의 모든 긍정은 유머입니다.
왜냐하면 긍정은 유머와 같이
지금까지와는 다르게 바라보도록 돕고
세상을 독특하게 해석하도록 돕기 때문입니다.

개그맨이자 MC인 박경림씨도
목소리 때문에 많은 고민을 했습니다.
또한 얼굴이 네모형인것도 스트레스였다고 합니다.

하지만 그녀는 자신의 외모를 긍정으로 풀어내며
연예인으로 성공하게 됩니다.

사람들은 너무 많이 가진 사람들보다는
조금 부족한 사람에게 마음을 줍니다.
긍정은 늘 넘어지고, 아프고, 부족해 보이는 사람에게
기회가 됩니다.
기회가 될 것인지 후회가 될 것인지는 자신이 결정할 뿐…

48

해고는 최고의 기회

"여러분 안녕하세요?
제 몸매가 어떻습니까? 짧고 굵죠?
네 그래서 오늘 강의는 짧고 굵게 하도록 하겠습니다."

유머강사로 활동하는 아내의 강의시작멘트입니다.

요즘에는 살이 많이 빠져서 이 멘트를 하진 않지만,
작은 키와 통통한 몸매를 교묘하게 유머로 활용하여

청중들의 마음문을 엽니다.

153cm의 키인 아내는 요즘에는 이 멘트로 재미를 봅니다.

"여러분 안녕하세요? 제가 조금 커 보이죠?

요즘 10cm높이의 마법의 구두를 신고, 아니 타고 있습니다.

그래서 신발을 타고 하늘을 나는 기분으로 살고 있는 여자,

황희진입니다. 호호호"

아내는 자신의 작은 키를 가지고 놀며

즐겨버립니다.

키와 관련된 위트가 10개가 넘습니다.

단점이 장점이 되고, 아픔이 기쁨의 뿌리가 되며,

실패는 성공의 어머니가 됩니다.

애플의 창업자인 스티브 잡스가 자신이 만든 회사에서

해고되고 난 이후

다시 회사로 돌아오면서 말했습니다.

"애플에서 해고된 것은 지금껏 내게 일어난 일 중 최고였다."

49

말버릇과 말습관

청주에서 웃음치료를 하시는
한국웃음유머트레이닝센터의 홍성현 대표는
청력이 좋지 않습니다.
한쪽 귀가 잘 들리지 않아 늘 왼쪽 귀를 쫑긋 세워야
상대의 말을 들을 수 있습니다.

그런데 홍성현 대표는 자신의 귀를 가지고 이렇게 말합니다.

"저는 귀가 잘 들리지 않습니다.
 그래서 저는 늘 사람들의 말을 마음으로 듣습니다."

홍성현 대표는 어떠한 상황에서도 습관적으로
"No problem"이라고 외친다고 합니다.

이런 말을 먼저 하고 나면 나쁜 상황이나 환경이
실제로 별 것 아닌 것으로 만만하게 보이면서
묘한 자신감을 가지게 된다고 합니다.

이렇게 혼자서 계속 중얼거리는 말을
펩톡pep talk이라고 합니다.
스스로 반복하는 말은 자신을 세뇌시킵니다.
긍정의 말은 긍정을 각인시키고
부정의 말은 부정을 각인시킵니다.

올해부터 저도 이 말을 반복합니다.
"나는 잘 되는 사람이야."

그리고 나의 직업인 유머코치의 자부심을 이렇게 되씹습니다.

"사람을 즐겁게 한다는 것은 위대한 일이야.
 그리고 이 일을 하는 나는 위대한 사람이야. 하하하"

이 문구를 만나고 저는 늘 말합니다.
"맞아, 나는 뭘해도 잘 되는 사람이야!"

50

짧은 목의 그가 좋다

수업시간에 선생님이 질문을 했다.
"짧은 목의 장점을 말해봐라."

그러자 한 학생이 대답했다.

"침이 빨리 넘어 갑니다."

작년에 있었던 일입니다.

강의를 끝내고 나오려는데 한분이 저를 부릅니다.

바라보니 150cm 조금 넘을 듯한 조그마한 키에

통통한 40대의 남자분이 서 있었습니다.

그분의 이야기를 들었습니다.

"정말 오랫동안 키가 작고 통통한 것이 고민이었습니다.

특히 목이 짧아서 친구들에게 놀림감이었습니다.

그런데 강의를 들으면서 짧은 목을 이렇게 유머로 해석했더니

자신감이 생겼습니다."

"아니 어떻게 해석하셨어요?"

"난 목이 짧아. 그래서 난 너희들보다 더 빨리 실천할 수 있어.

왜냐하면 목이 짧아 생각을 더 빨리 몸으로 전달할 수

있으니까."

짧은 강의 시간에 그의 변화는 놀라웠습니다.

"정말 멋집니다. 최고의 유머네요.
그리고 앞으로 이렇게도 말해보세요.
난 목이 짧으니까 겨울에 정말 좋다.
난 겨울에도 목도리가 필요 없거든."

유머로 자신을 가지고 놀면 자기 자신이
가장 즐거운 친구가 됩니다.

51

15초로 멋진 효자가 되는 법

2박3일의 한 세미나에 참석했습니다.

첫날 일정이 끝나고 숙소에 들어갔는데

60세 정도 되어 보이는 한 분이 전화통화를 하면서

계속해서 웃습니다.

"하하하하하… 하하하하하…"

참 정겹게 웃으면서 대화하길래 통화 후에 물었습니다.

"누구와 통화하는데 그렇게 웃음이 끊이지 않습니까?"

"아, 제 어머니와 통화했습니다. 올해 84세거든요."

60세의 아들과 84세의 어머니와의 거리낌 없는 웃음대화.
뭔가 대단한 것이 있는 것 같아 그 비결을 물었습니다.
"뭐… 별거 없습니다.
 연세가 드실수록 어머니, 아버지를 건강하게 사시도록
 도울 방법이 없을까 궁리하다가 하루에 한번 씩 전화해서
 웃어드리기 시작했습니다.
 처음에는 어색해하시더니 이제는 더 웃어달라고 합니다. 하하하
 그리고 늘 이쁜 어머니, 멋진 아버지라고 했더니
 정말 좋아하십니다."

9년 가까이 웃음과 유머를 연구하지만,
이렇게 웃음을 가치 있고 멋드러지게 활용하는 분은
처음이었습니다.

부러움과 함께 정말 멋지게 한 수 배웠습니다.

그래서 다음날 아침에 눈 뜨자마자
저도 어머니께 전화해서 대뜸 이렇게 말했습니다.
"엄마, 앞으로 제가 하루에 한번씩 전화해서 웃어드릴테니
　함께 웃어요. 15초만 웃어도 이틀을 더 오래사는거 아시죠?
　하하하"

놀랍게도 생각보다 기적은 빨라 다가왔습니다.
일주일 정도 지나자 어머니께서 먼저 전화가 옵니다.
"아들아, 엄마다, 웃자. 호호호호호"

엉겁결에 웃고 나서 지금 어디냐고 물었습니다.
"응 지금 경로당인데 다른 할매들이 부러워서 죽는다, 호호호호호"

은근히 자랑하고 싶어하는 어머니는 시장에서 친구 분을 만나도
길거리에서 아는 사람만 만나도 저에게 전화하면서 웃자고
하십니다.

참 감사한 일입니다.
개인적으로 저는 그동안 어머니 속을 참 많이도 썩였던 놈이었지요.
아들이라는 것이 그렇듯, 딸만큼 엄마를 챙기지도 못하고
그저 어쩌다 통화해서 퉁명스럽게 잘 지내느냐는 이야기가
끝이었습니다.

나누고 싶은 이야기도 또 할 이야기도,
특별히 공감할 것도 없는 그저 무덤덤한 모자(母子)사이!

그런데 전화 한 통화로 웃음을 나누게 되면서
어느 순간 생각을 나누고 감정을 나누는 친한 친구가 되었습니다.

요즘에는 어머니와 유머퀴즈를 나누며 함께 박장대소를 합니다.
"엄마, 대한민국 할매들이 제일 좋아하는 폭포가 뭔지 알아요?
 모른다고요?
 하하 글쎄 나이야가라 폭포래요. 나이야 가라!'

"엄마 참새들이 먹는 간식을 뭐라고 할까요? 새참이래요. 하하하"

웃음을 나누게 되면서 서로의 일상사를 나누고
작은 고민도 나누게 되면서
늘 가까이에 있는 친구사이처럼 되었습니다.

전화통화가 끝난 후 늘 이 한마디 덧붙입니다.
"엄마, 용돈 더 필요한 거 없어? 용돈 없으면 언제든지 말씀하세요."

얼마 전에는 어머니는 이렇게 말합니다.

211

"우리 큰 아들이 이제야 효자가 되었네."

웃음하나만으로도 효자가 될 수 있습니다. 놀랍죠?
웃음이 이렇게 만들었습니다.
웃으면 정말 많은 기적이 벌어집니다. 이제 여러분 차례입니다.

52

가진 것을 사랑하자고요

하얗게 눈이 내린 어느 날, 가평 유명산 인근의 한 음식점.

잠깐 점심을 먹으러 들어간 식당에는 다른 손님이 한명도 없습니다.

손님이 들어갔는데도 주인아저씨는 맥없는 표정으로 맞이합니다.

된장찌개를 먹고 주인아저씨에게 물었습니다.

"장사는 잘 되시나요?"

그러자 기다렸다는 듯이 한숨을 내쉬며 대답합니다.

"에고… 손님이 이렇게 없으니 죽겠어요. 살 맛이 안나요!"

죽을상을 쓰는 아저씨에게 다시 물었습니다.
"봄에는 어때요? 손님이 많나요?"
"그럼요. 꽃피기 시작하면 인산인해를 이룹니다."

"그럼 여름에는 어때요?"
"여름요? 휴가철에는 난리가 나죠, 돌아가는 손님들이 더 많아요."

"그럼 가을에는요?"
"가을 단풍철이 되면 끝내주지요. 정신이 하나도 없을 만큼 바빠…"

봄여름가을을 즐겁게 추억하는 아저씨에게 한마디 던지고
나왔습니다.
"아저씨, 봄여름가을동안 그렇게 죽도록 일하고

겨울에 이렇게 쉴 수 있으니 얼마나 좋아요.

 아저씨는 참 행복한 분이시네요.

 아저씨에게는 손님없는 겨울이 축복인 것 같아요. 축복!"

아저씨의 희미한 미소를 뒤로하고 나오면서

미국 하버드 교육대학원의 심리학과 하워드 가드너 교수의 말이

떠올랐습니다.

"행복한 사람은 가진 것을 사랑하고

 불행한 사람은 가지지 못한 것을 사랑하는 사람이다."

·53·
지식을 넘어선 지혜를 만드는 법

안경 낀 두 사람에게 물었다.
"왜 안경을 쓰셨나요?"

한 사람은 퉁명스럽게 대꾸했다.
"눈이 나쁘니까 썼죠!"

또 한 사람은 노래하듯 말했다.
"세상을 더 잘 보려고요."

언젠가 강의를 열정적으로 하다가 마이크가 부러졌습니다.
하지만 웃으면서 이렇게 말했습니다.
"마이크가 작살났네요.
오늘 분위기 작살나게 재미있을 것 같습니다. 하하하"

『긍정적인 말의 힘』의 저자인 할 어반은
천사와 악마의 차이는 모습이 아니라 그가 하는 말이라고 합니다.

두 명의 청년이 있었습니다.
어떤 일을 시작할 때 한 명은 늘 이렇게 말했습니다.
"이거 안 되면 어떡하지?"

하지만 다른 청년은 이렇게 물었습니다.
"이거 잘 되면 앞으로 어떻게 할까?"

툭 튀어 나오는 한 마디에 이미
천사같은 결과와 악마같은 결과가 다르게 기다립니다.

똑같이 흙탕물에 넘어져도 더러운 진흙탕만을 보면서
한탄할 것인가?

일어서면서 호주머니에 미꾸라지, 붕어, 메기를 가득 채우며
감탄해야 할까?

밝음과 어둠을 다 볼 줄 아는 것은 지식의 영역이지만,
밝음을 입에 올리며 몸으로 실천하는 것은 지혜의 영역이
아닐까요?

·54·
할머니의 감사법

지난 겨울은 눈이 많이 와서 눈구경은 실컷 했지만
눈 길에 미끄러져 사고를 당하시는 분들도 많았습니다.

제가 아는 분 중에 정태경님의 이야기입니다.
그 분의 따님이 방학을 맞이해 한국에서 지내다
미국으로 출국하기 바로 전날 눈길에 미끄러졌습니다.

그 사고로 팔에 금이 가고 인대가 손상되는 부상을 당했습니다.

어쩔 수 없이 출국과 학사 일정이 연기될 수 밖에 없는
상황이었습니다.

그런데 손녀가 다쳤다는 소식에 시골에서 급하게 올라오신
할머니는 풀이 죽어있는 모녀를 보고는 함께 기도하자고 하셨답니다.

"우리 손녀가 대굴빡(?)이 뽀사지지 않고
 팔이 부러져서 감사합니다.
 또 다리몽댕이(?)가 부러지지 않고 팔이 부러져서 감사하고
 궁둥이뼈(?)가 다치지 않아 감사합니다.
 또한 밥 먹는 팔이 아니라 왼쪽 팔을 다쳐 감사하고…."

비장한 마음으로 두 손을 꼭 잡고 기도를 하던 도녀는
할머니의 유머러스한 감사 기도를 끝까지 듣지 못하고
박장대소 포복절도하면서 웃음보가 터졌다고 합니다.

말투도 말투지만… 기도 내용이 긍정과 감사로 가득찬 것이
인상적입니다.

우린 평생 감사해도 다 하지 못할
감사꺼리를 가지고 있습니다. 믿으시죠? ^^

55

행복한 빵집

프랑스에 하루에 8시간만 영업을 하는 빵집이 있었대요.

단골들은 연장영업을 해달라고 늘 요청했습니다.

그럴 때마다 빵집 주인은 이렇게 말합니다.

"행복한 제빵사가 맛있는 빵을 만들어냅니다.

저도 문을 닫고 쉬면서 저만의 시간을 갖는 것이

정말로 행복합니다.

제가 행복해야 빵도 행복하고, 고객도 행복해집니다."

우리에게 잘 알려져 있는 미국 메이저리그 LA다저스 팀의
감독이었던 토미 라소다가 했던 말은 정말 인상적으로
남아 있습니다.
"행복한 젖소가 행복한 우유를 만든다."

행복이란 내가 좋아하는 일을 하는 것이라기 보다는
지금 하고 있는 일을 좋아해버리는 것이 더 행복의 모습에
가깝다는 것을 깨닫습니다.

인생의 단맛과 쓴맛

지난 해 제주 올레여행길에 들른 한 커피숍.

늘 그렇듯 여행객의 입 안으로 들어가는 건 다 맛있습니다.

"아저씨 커피 정말 맛있네요. 정말 최고의 맛입니다."

제 칭찬에 기분이 좋아진 주인아저씨가 옆에 자리를 잡고 묻습니다.

"그런데 커피가 맛있다는 말이 무슨 뜻인지 아서요?"

"뭐… 약간 달기도 하고, 씁쓰레하기도 하고, 또 약간 신 맛도

나고…뭐…"

평소 커피를 즐기는 편이 아니라서 대충 맛을 표현하자
기다렸다는 듯이 아저씨는 이렇게 말합니다.

"맛있다라는 말은 맛이 있다라는 말이지만,
이런 의미도 있다고 하네요.
맛있다를 계속 말하다보면 맛썻다…. 맛쓰다.
그래서 맛있다는 '맛이 쓰다' 는 말과 같지요."

그리곤 이렇게 덧붙입니다.
"커피의 쓴 맛을 단 맛으로 느낄 수 있다면 진정한 맛의 고수지요."

음 그럴 듯한 해석! 괜찮네. 괜찮아!

이 말을 듣고 올레길 내내 이런 생각을 해봤습니다.

커피의 쓴맛을 단맛으로 안다면 커피의 고수듯이
인생의 쓴맛을 단맛으로 안다면 인생의 고수가 아닐까?

맛있는 인생 안에는 아예 쓴 맛이 없는 것이 아니라
쓴 맛까지도 단맛으로 느낄 수 있는 삶의 내공이 숨어 있었구나!

·57·

네 자리가 꽃자리니라

호주에서 있었던 일이래요.

한 농부가 부동산업자에게 자신이 경영하는 농장을 팔아달라고
부탁했대요.

농장이 너무 커서 일거리도 많고,

호수의 물관리도 너무 귀찮다는 등 한마디로

농장일이 너무 힘들어 하루 하루가 지옥같은 생활이었다는거죠.

얼마 후 중계업자가 판매를 위한 광고문구를 만들어와서

농부에게 보여주고 마음에 드느냐고 물었습니다.

"농장을 팝니다!
  너무 조용하고 평화로운 곳. 굽이 굽이 이어진 언덕에
  푸른 잔디가 쫙 깔린 곳!
  그림같은 호수가 있고, 가축들이 건강하게 풀을 뜯는 축복의 땅.
  이 기름진 땅위에서 마음대로 농사 지을 수 있는 천국!"

이 광고 문구를 보더니 농부는 마음을 바꿔서
계속 살기로 했다는 이야기!

사실 지금 내가 살고 있는 곳, 바로 지금 이 시간이
천국이며 천국을 즐기는 시간이 아닐까 생각해봅니다.

살다보면 늘 내 울타리가 보잘 것 없어 보여

229

싸고 맛있는 주유소에 들러서 점심을 먹었습니다.
차가 고맙다고 하더군요. *^^*

남의 울타리 안을 기웃거리며 흔들리는 것이 인생인가 봅니다.

오늘은 잠시 내 울타리 안으로 고개를 돌려
혹시
지금 내가 있는 이곳이 내가 그토록 바랐던 희망의 땅이 아닌지,
내가 그렇게 바라던 행복의 시간이 아닌지 생각해 보세요.

"그래. 천국이 바로 여기였구만! 하하하"
이렇게 말하고 웃을 수 있다면 바로 여러분의 행복가락을
찾은 겁니다.

행복은 자연산이기 보다는 양식에 가깝습니다.
애써서 가꾸고 보살펴 주어야하는…

58

토끼같은 버킷리스트

작년에 영화 '버킷 리스트'를
감동적으로 봤습니다.

두 주인공이 죽음에 임박해서
"나는 누구인가?"라는 질문을 던지면서
남은 인생동안 정말로 하고 싶은 일을
하겠다면서 병원을 뛰쳐나갑니다.

세렝케티에서 사냥하기, 엉덩이에 문신하기, 카레이싱과
스카이다이빙 하기, 눈물나게 웃어보기, 아름다운 소녀와
키스하기 등등 목록을 지워가면서 인생을 즐깁니다.

마지막에 했던 주인공의 한마디도 가슴에 남습니다.
"자네만의 인생의 기쁨을 찾아가게"

자신만의 간절한 꿈을 한번 적어보세요.

이런 이야기가 있습니다.

토끼몰이 할 때 어떤 사냥개가 끝까지 토끼를 몰까요?
그건 바로 토끼를 직접 본 놈입니다.

일단 토끼를 본 놈들은 아무리 지쳐도 끝까지 뜁니다.

중간에 포기하는 사냥개는 앞서 달리는 개의 꼬리만 바라보고
뛰다가 제 풀에 지쳐 떨어져 나갑니다.
버킷리스트를 적는 것은 눈앞에 달리는 토끼를 보는 것과 같습니다.
적어놓고 시시때때로 생각하고 상상해보는 것만으로도
꿈은 현실이 되고, 어느 순간 토끼탕을 즐기게 됩니다.

59

피해의식을 버리는 법

올해 초 2주간의 제주 올레길 투어를 마쳤습니다.
여행길에는 늘 예기치 않은 일이 일어납니다.

출발 첫날 하루 종일 파도때문에 배가 뜨지 않았습니다.
그래서 예정되었던 배편이 물거품처럼 사라져버렸습니다.
입에서 불평이 나오려는 찰나 이렇게 말해봤습니다.
"이거 여행이 재미있어지는데…"
다행히 다음날 배편으로 제주도에 갈 수 있었습니다.

제주도에 도착한 다음 날, 이번에는 눈이 너무 많이 와서
꼼짝없이 숙소에 갇혀 있어야 했습니다.
"오케이, 조용히 새해 계획을 세우라는 의미구만…"
덕분에 멋진 2011년 계획을 세울 수 있었습니다.

살다보면 세상에는 좋고 나쁜 일이 별도로 생기는 것이 아닙니다.
좋고 나쁜 반응만이 있을 뿐입니다.
결국 매 순간 어떻게 해석하고 반응하느냐만 있을 뿐.

미국의 억만장자인 클레멘트 스톤은
어떤 일이 생기든지 세상이 자기를 위해 좋은 일을 하려고
이 일을 만들었다고 생각했다고 합니다.
그는 이런 생각을 "역피해의식"이라고 표현합니다.

한마디로 세상이 나에게만 불리하게 돌아간다는 "피해의식"이 아니라, 세상이 나의 행복과 성공을 위해서 돌아간다는 "역피해의식"이야말로 긍정적인 사고의 핵심이라고 말합니다.

언젠가 생각한 것보다 더 많은 세금이 나왔을 때 "무슨 세금이 이렇게 많이 나왔어"라는 생각이 들었지만 이렇게 말해봤습니다.
"가만, 이건 우리가 돈을 많이 벌고 있다는 의미잖아. 하하하"

맞습니다. 저는 세금을 많이 내는 애국자가 되고 싶습니다.

60

마음방귀를 허락하노라

'소가 방귀 뀐다'를 세 글자로 뭐라고 할까요?……우꼈어
그럼 '돼지가 뀐 방귀'를 3글자로 뭐라고 할까요?……돈까스

제가 애용하는 유치한 방귀퀴즈입니다.
사실 어른들에게는 유치한 유머지만
아이들에게는 수준 높은 명품유머(?)입니다.

생각해보면 방귀는 참 유익한 생리현상입니다.

몸 안에서 생기는 안 좋은 것들을 자동적으로 내뿜으며
몸을 건강하게 하니까요.

그런데 우리 마음은 어떨까요?
미움, 증오, 갈등, 두려움, 짜증, 괴로움 등
수없이 많은 마음 독은 어떻게 해독하며 내뿜을까요?

바로 웃음입니다.
웃는 순간, 긴장이 해소되며 부정적인 감정들이
순식간에 기분좋은 감정으로 대체되며 해독이 됩니다.

그래서 저는 웃음을 마음방귀라 표현합니다.
마음방귀는 냄새가 나지 않습니다.
전염성이 강해 한 사람이 마음방귀를 뀌면 다른 사람들도 따라
뀝니다.

세상에서 가장 전염성이 빠른 행복방귀입니다.
여기서도 뽕! 저기서도 뽕! 나도 뽕! 너도 뽕! 모두가 뽕뽕뽕!
대한민국이 행복한 방귀천국이었으면 좋겠습니다. 하하하하하

fun하게 유혹하라

몇년 전 일본 오사카에 한 자전거 수리가게가
단 하나의 광고문구로 매출을 무려 7.5배나 올렸습니다.
"펑크 수리 단 5분만에 가능합니다."

누구나 약간의 연습만 하면 5분 이내에 수리할 수 있지만,
펑크 난 자전거를 가지고 온 고객의 성급함을 읽어내어
광고문구로 활용했기 때문에 매출로 이어진 것입니다.

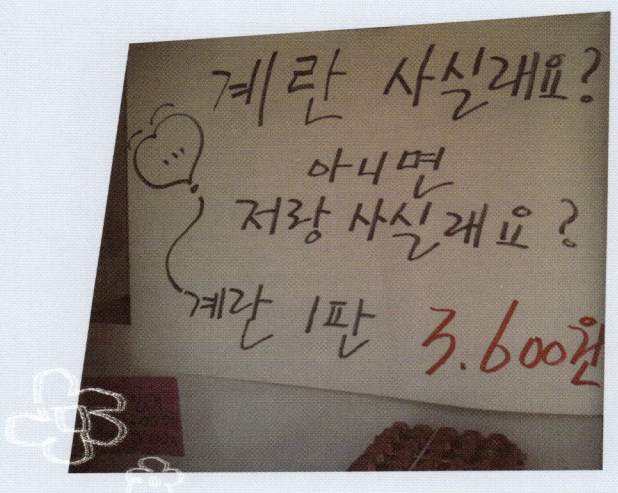

계란 사실래요?
아니면
저랑 사실래요?
계란 1판 3,600원

친동생이 운영하는 슈퍼에 붙여줬던 문구입니다.
이 문구를 본 사람들은 피식 웃으면서
거리낌없이 계란을 삽니다.
재미있으면 호주머니는 저절로 열립니다.
이 문구 하나로 300판을 팔았다는 전설(?)이 전해집니다.

언젠가 들었던 이야기.

한 건물의 5층에 있던 이탈리안 레스토랑.

엘리베이터 안내표시 옆에 이렇게 써 붙였더니

매출이 급상승했다네요.

"야경은 무료입니다."

입장을 바꾸어 고객의 입장이 되어보면 기회가 보입니다

"어떻게 하면 고객을 즐겁게 할까"라는 질문도 함께 던져보세요.

기회가 보일 겁니다.

4년 전 집 앞의 구두방에 들렀는데 불경기탓에

아저씨의 표정이 어둡습니다.

그래서 작은 프랭카드에 몇 글자 써서 구두방에 붙여줬습니다.

그랬더니 주인도 손님도 볼 때마다 웃습니다.

"경기가 힘든 탓에 구두 한 짝은 무료로 닦아드립니다.
 나머지 한짝은 2,500원입니다."

두 짝 다 닦아도 2,500원이지만
유머스럽게 표현하니 사람들은 들며 나며 웃고 좋아합니다.

어쨌든 사람은 기분 좋으면 기꺼이 마음도 호주머니도 엽니다.

62

사람들에게 잊혀지지 않는 법

"최소장님, 안녕하세요?"

"누구시더라?"

"세 달 전에 하루 종일 소장님 강의 들었잖아요."

그는 나를 아는 체 하지만

아무리 떠올리려고 해도 그의 얼굴이 생소하고 기억에 없습니다.

하루 동안 유머세미나를 들었는데도

그가 나의 기억 언저리에도 없는 이유는 뭘까 고민해봤습니다.

그의 얼굴을 자세히 바라봤습니다.

나를 아는 체 하지만, 그는 여전히 무표정입니다.

아하 그랬구나!

무표정! 숨막히게하는 무표정!

웃음과 유머를 공부하고 가르치고 나누면서 제 기억력은

꽤 많이 좋아졌습니다.

하지만 기억이 잘 나지 않는 사람도 있습니다.

바로 무표정으로 나를 바라보는 사람입니다.

내 앞에서 무표정으로 앉아있으면

마음은 순식간에 불편해지고 피하고 싶습니다.

솔직히 저를 향해서 웃어 주는 사람이 좋습니다.

그런 사람을 오래 오래 기억하고 싶고 또 만나고 싶습니다.

종종 제 자신에게 물어봅니다. 최규상! 너는 왜 웃느냐?
오늘 여러분에게 그 답을 공개합니다.
저는 사람들에게 잊혀지고 싶지 않기 때문에 웃습니다.

네, 웃지 않으면 사람들에게 잊혀집니다.
당연히 웃으면 사람들의 기억속에 오랫동안 살아남습니다.

미국의 사회학자인 존 티브스John Thibus의 연구는
많은 것을 시사합니다.
처음으로 사람을 만나면 상대에 대해서
다음과 같이 세 가지의 감정을 갖는답니다.
우애감 46% 무관심 22% 적대감 32%

누군가에게 좋은 사람으로 기억되려면
더 기쁘고 반갑고 행복한 표정이 정답입니다.

63

긍정의 양초 한자루

스승이 세 명의 제자들에게 졸업문제를 냈다.

"너희들에게 엽전 한 잎씩을 줄 테니

　무엇을 사서든지 이 방을 가득 채워보도록 하여라."

첫번째 제자는 깃털을 사서 방을 채웠으나 부족했다.

두번째 제자는 짚으로 채웠지만 역시 많이 부족했다.

세번째 제자는 달랑 양초 하나만을 샀다.

그리고 밤이 되자 양초를 켰다.

작은 양초는 환하게 빛나며 방안 전체를 밝음으로 가득 채웠다.

결국……세번째 제자의 승!

한 자루의 촛불이면 어둠이 물러가는 법입니다.
우리 마음 안에도 긍정의 생각하나가 어둠을 몰아냅니다.

한번 웃는 미소는 세상의 어둠을 몰아냅니다.

그래도 감사법

수유리에서 "사랑의 동물병원"을 운영하시는 김승길 원장님.
유머편지 광팬이신 이분의 이야기가 감동과 웃음을 줍니다.

"안녕하세요?
저는 얼굴 오른쪽 눈 옆에 깊은 상처가 남아 있습니다.
초등학교 5학년때 일입니다.
공사장 옆을 지나가다가 인부 아저씨가 메고 가는
나무 괭이에 눈 옆이 찍혔습니다.

큰 상처를 입었는데 감사하게도 눈이 안 찔려서
천만 다행이었지요.
하지만 남은 상처의 모양이 영어 J자 모양으로 보였습니다.
그래서 어려서부터 예수님Jesus께 찍혀서
이렇게 J자 모양의 성흔이 남았다 말합니다.

그럼 모두들 재미있다고 웃네요.
혹자는 성형수술을 하라고 하는데
저는 이 성흔이 좋아서 앞으로도 성형수술 안할려구요, 하하하"

삶속에서 감사를 찾을 수 있으면 유머의 고수입니다.
그리고 "그럼에도 불구하고" 감사를 찾을 수 있다면
이미 유머의 초절정 고수입니다.

자신의 삶속에서 이런 감사와 긍정을 찾는다면

인터넷에 그저 떠돌고 있는 그런 유머와는
차원이 다른 유머가 됩니다.
그리고 인생 내내 기쁨의 뿌리가 됩니다.

이 책이 추구하는 목표는 바로 "그럼에도 불구하고" 세상을
감사와 유머로 바라보는 긍정적 시선을 만들도록 돕는 것입니다.

유명한 신화학자였던 조셉 캠벨이 이런 말을 했었지요.
"인간에게 있어 가장 위대한 것은
바로 세상을 긍정적으로 바라보는 것이다."

.65.

그냥 다 감사법

"어디 가냐? 목욕탕가냐?"
허걱! 이건 뭐야? 막 목욕탕에서 나오는 길인데…* ^^ *
어렸을 때부터 친구들이 던지는 한마디
한두번 듣는 말이 아닙니다.

"우리 아들 세수하고 와서 밥 먹어야지?"
아침 밥상머리에서 어머니의 이 다정한 한마디도
수도 없이 들었습니다.

도대체 씻어도 씻어도 깨끗해지지 않으니…. 이것 참!

원래 태생적으로 까만 피부인데다
그것도 모자라 햇볕에 5분만 노출되도 새카맣게 타버리는 피부
씻어도 씻어도 뭔가 부족해보였던지 어머니나 친구들은 늘
헷갈려합니다.

그래서인지 어렸을 때부터 까만 피부는 열등감의 원천이었고
하얀 피부는 영원히 선망과 그리움의 대상이었습니다.

얼마 전,
제주도 올레길을 걸으면서 같이 했던 한 수녀님이
과도하다 싶을 정도로 온갖 수건으로 얼굴을
칭칭 감싸매고 걷고 있었습니다.
30도를 오르내리는 더운 날씨인데 궁금해 물었습니다.

"아니, 덥지 않으세요?"

그러자 수녀님께서 두 눈을 깜빡이면서 대답합니다.

" 저는 햇빛 알레르기입니다.
  햇빛만 닿으면 온 몸에 빨간 반점과 두드러기가 생겨서
  고통스럽지요.
  하지만 그늘에서는 풀 수 있으니까 얼마나 좋은지 몰라요.
  호호호"

앗싸! 이것이 바로 긍정이구나!
순간 나의 까만 피부가 얼마나 감사한지!
순식간에 햇빛에 그을리기는 해도 알레르기를 일으키지는 않잖아!
까만 피부에 감사에 감사를! 하하하하하~

그림자를 바라보고 있으면 등 뒤의 태양을 볼 수 없습니다.
비구름을 품고 있는 먹구름만을 탓한다면
구름 뒤의 멋진 태양도 결코 볼 수 없는 법입니다.

던저의 기적

작년에 큰 인기를 끌었던 사극 "동이"를 보는데
순간 가슴을 파고드는 대화가 있었습니다.

동이의 아들 연잉군(훗날 영조)이 말합니다.

"세상에 수많은 서책이 세상의 이치를 말하고 있지만,
 세상의 이치는 간단합니다.
 바로 사람을 먼저 좋아하면 됩니다"

아들 연잉군의 대답에 흡족한 어머니 동이(숙빈 최씨)가 말합니다.
"맞습니다, 아무리 악한 사람이라도 그 안에 따뜻한 마음이
   숨겨져 있으니, 그걸 보고 아껴주면 됩니다."

조선시대 최고의 성군 중 한분이셨던 영조는
어린 시절부터 이런 마인드가 있었기 때문에
온통 적들로 둘러싸인 상황에서도 먼저 적을 껴안는
탕평책을 시행하게 됩니다.

먼저 좋아하는 힘
살다보면 쉽지 않지만 어렵지만도 않습니다.

오늘, 미운사람에게 떡 하나 더 주는 심정으로
먼저 웃어주고 좋아해버리면 어떨까요?

행복에 이르는 최고의 방법

제가 이메일로 가장 많이 받은 질문 중에 하나가 있습니다.
"어떻게 하면 행복해질까요?"

나 자신도 종종 헷갈리는 행복의 방법을
상대방의 속이 시원하게 대답해주는 것은
어려운 일입니다.
하지만 저는 제 나름의 답을 나눠줍니다.
"정말 원하는 것이 있으세요?

제가 단골로 가는 식당의 카운터에 붙어있는 사진입니다.

볼 때마다 주인아저씨의 꿈을 보며 자극받습니다.

꿈이 있는 아저씨는 늘 웃습니다.

꿈이 있으면 웃게 되고 웃는 사람은 꿈이 있는 사람이 됩니다.

정말 하고 싶은 것이 있으세요?
그것이 꿈이며 비전입니다.
꿈을 가지면 저절로 행복해집니다.
정말 하고 싶은 꿈 하나 적어보고
이루어졌을 때를 상상하고 즐기고
실제로 일어난 것처럼 살아보세요."

행복에 이르는 최고의 방법은
최대한 빨리 꿈을 갖는 것입니다.

세상에서 아무리 큰 배라도 목적지가 없다면
영원히 항구에 묶여 있을 수밖에 없습니다.
항구에 묶여 있는 배는 결코 행복할 수도
행복하지도 않을 것입니다.

제 꿈은 대한민국 최고의 유머코치가 되는 것입니다.
최고는 기꺼이 자신이 가진 최고의 지식과 경험을
아낌없이 나눠줄 수 있는 사람이라 믿습니다.
그래서 먼저 나눠주면 최고가 될 것으로 믿고
유머편지, 유머SMS, 유머컬럼, 웃음클럽, 유머클럽, 유머책을
만들어 나눕니다.

그리고 또 다른 제 꿈은 세계여행입니다.
하나님이 만든 이 세상이 너무나도 궁금합니다.
그래서 세계지도를 놓고 12영역으로 구분해 여행을 시작했습니다.

지난 봄 유럽을 시작으로
올 겨울에는 호주와 뉴질랜드 여행을 하면서
교민들에게 웃음과 유머도 나누고 미지의 세계를 탐험할 계획입니다.
세계지도를 들여다보는 것만으로도 행복해집니다.

무언가를 이루는 것도 꿈이지만
무언가를 이루는 과정을 즐기는 것은 더 멋진 행복입니다.

꿈이 있으면 꿈대로 살게 되지만
꿈이 없으면 살아지는대로 꿈꾸게 됩니다.

.68.
역시 늑대가 최고여

미국의 한 국립공원에 예쁜 꽃사슴 무리가 있었답니다.
너무 예뻐서 관광객들에게 엄청난 인기가 있었지요.

하지만 관광객들은 늑대에게 쫓기고 급기야는 잡아먹히는
꽃사슴을 보면서 마음 아파했습니다.

그래서 일부 관광객들이 늑대를 없애라고 청원했습니다.
어쩔 수없이 공원측은 사냥꾼들을 동원해 모든 늑대를

잡아버렸습니다.

그런데
늑대가 사라진 다음 해부터 오히려 사슴들의 숫자가 급격하게
줄어들었습니다.
더 이상 쫓길 필요가 없던 사슴들이 편하게 쉬고 뛸 일이
없어지면서 당뇨병, 동맥경화 등의 각종 성인병에 걸려
오히려 단명하게 된 것이지요.

이 문제를 해결하기 위해서 다시 늑대를 풀어놨더니
사슴들이 다시 힘차게 도망다니며 건강해져
오히려 숫자가 늘었다고 합니다.

그래서 이후에 사람들이 이렇게 말했다고 합니다.

"역시 늑대만한 게 없어!"

늑대는 사슴이 건강하게 살 수 있도록 돕는
유익한(?) 동물이었던 것이지요.

우리네 삶속에도 우리를 긴장하게 하고,
아프게 하는 늑대가 많습니다.
원망하고, 한탄하기보다 고마워해야 할 일입니다.

"맞아, 시련만한게 없어" 라고 이야기하는 순간
진정한 인생고수가 될 것입니다.

유머친구

신뢰리더십센터의 심영자 대표는 제 유머친구입니다.
그저 시시껄렁한 유머에도 함께 웃어주고 격려해주는
그런 친구지요.

얼마 전에 만났을 때는 말장난의 도사가 다 되어있더군요.

"요즘 강남에서 잘 나가는 사람들은 모두
악어빽, 소가죽빽으로 치장하고 다닌다고 하더라.
그래서 나도 든든한 빽 하나 갖고 다닌다……하나님빽!"

언젠가는 아침 7시에 전화해서 웃기기 시작합니다.

"친구 너무 재미있는 일이 있는데 혹시 잊어버릴까봐 전화했다."

얼마나 재미있길래 아침부터 전화를 했을까 귀를 쫑긋 세웠습니다.

"방금 전에 아침을 준비하기 위해 고사리를 씻는데

혹시나 농약이 있을까봐 씻고 또 씻는데

우리 엄마가 옆에서 뭐라는지 알아?

… '고사리 그만 씻어라 피나오겠다' 라고 하잖아. 호호호"

덩달아서 같이 재미있다고 웃어줍니다.

웃다보면 유치한 유머가 극치의 유머가 됩니다.

웃어버리면 세상 어떤 유머도 재미있는 이야기가 되기 때문이지요.

유머친구가 있다는 건 정말 큰 힘이 됩니다.

유머를 나누는 것보다 더 멋진 건 그녀의 격려때문입니다.

"규상이의 유머는 정말 대단해."
"규상이는 어쩌면 그렇게 웃기냐?"
"규상이는 갈수록 최고가 돼간다.
 넌 대한민국 최고의 코치가 될거야."

대화가 끝나면 큰 행복감을 느낍니다.

미국 하버드대와 UC샌디에이고 대학 공동연구팀은
지난해「영국의학 저널」에 논문을 발표했는데 재미있는 내용이
있습니다.

공동연구팀은 20년동안이나
미 매사추세츠주의 성인 4,700명을 대상으로
행복이 얼마나 잘 전파되는지를 조사했습니다.

연구 결과 행복한 사람이 옆집에 살면 34%정도 행복지수가
올라가고 1.6㎞ 이내에 거주하면 14%나 높아진다고 발표했습니다.
정말 재미있는 연구죠?

행복한 사람 주위에 있는 사람이 행복하고
웃는 사람 옆에 있으면 더 잘 웃게 되고
유머러스한 사람 옆에 있으면 더 유머러스한 사람이 됩니다.

이렇게 행복이 전염성이 높은 이유는
행복의 전파속도가 빛보다도 빠른 감정이며 기분이기 때문입니다.
그리고 유머도 매우 빠르게 서로의 기쁜 감정을 소통시킵니다.

내가 즐겁고 유머를 잘하고 싶고, 행복하고 싶다면
유머를 시도때도 없이 주고 받으면서 웃어줄 수 있는
유머친구 한 사람 만들어보세요. 오래 살게 될 것입니다.

유머 못한다고 기죽이는 친구가 아니라

기 살려주는 유머친구를…

.70.
고객을 끌어당기는 유머의 지혜

저는 대학에서 관광경영학을 전공했습니다.

그래서인지 사람들이 종종 어디가 가장 재미있는 곳이냐고

묻습니다.

그럼 저는 늘 제주도의 서귀포잠수함을 추천합니다.

이곳에서만 즐길 수 있는 놀라운 유머경험이 있기 때문이지요.

4년 전 제주도 서귀포에서 바다 한가운데 있는 잠수함으로

이동하기 위해 통통배를 탔는데 안내방송이 나옵니다.

산불조심하면 자연보호라!
강원도 백담사에 가던길에 만난 산불조심 문구입니다.
정부기관인 산림청이 즐겁게 변화하고 있읍니다.

"고객 여러분 반갑습니다.

먼저 안전을 위해 안전벨트를 매주시기 바랍니다.

안전벨트를 매지 않으면 파도때문에 앞으로 넘어질 수 있습니다.

그렇게 되면 고객님께서는 오늘…

(잠깐 뜸을 들인 후) 개 쪽팔리십니다."

전혀 기대하지 않았던 첫 멘트에 사람들은 포복절도를 합니다.

하지만 이 위트멘트는 시작에 불과했습니다.

"오늘 신혼여행객들이 많은데요. 신혼여행객들을 위해서

서귀포 애완동물협회에서 깜찍한 살모사 한 마리씩 협찬했습니다.

바닥에 풀어놨으니…알아서 잡아가세요."

여기저기서 까악하는 비명소리와 웃음소리가 배 안을 가득

채웁니다.

30여분동안의 여행이 얼마나 즐거웠던지!

이후에 제주도에만 가면 이번에는 얼마나 재미있을까 하는
기대감에 발길은 저절로 서귀포잠수함을 향합니다.

멋진 바닷속 경치와 함께 두 귀를 즐겁게 해주는 서귀포잠수함의
유머세일즈 지혜가 놀랍기만 합니다.
얼마 전에 만났던 서귀포잠수함의 송종환 부사장님은 말합니다.

"신나게 웃는 고객은 반드시 또 옵니다.
 고객을 즐겁게 하는 것이 진정한 프로의 승부입니다."

재미있는 관광지가 또 있습니다.
경기도 용인에 있는 에버랜드 사파리 투어도 폭소잔치를 펼칩니다.
사파리 투어 기사님의 재치 있는 말솜씨 덕분이지요.

"왼쪽으로 웅덩이가 보이시죠?

저기 보이는 곰이 목욕하는 곳인데요,
바로 저걸 보고 곰탕이라고 하죠."

당연히 관람객들은 하나같이 까르르….

"옆으로 사자들이 보이시죠? 선물로 드리겠습니다.
 단~ 알아서 실어가시기 바랍니다."

"그런데 정말 실어가시려고 2년 전에 들어가신 분이 계신데
 아직까지 돌아오지 않고 계십니다."

투어가 끝나고 관람객들이 내리는데
마지막 멘트가 제 귀를 사로 잡습니다.

"이상 행복드림 엔터테이너 노정태였습니다. 감사합니다."

이 마지막 멘트가 제 마음을 강하게 사로 잡았습니다.
단순하게 버스기사나 투어가이드가 아니라 행복드림 엔터테이너!

자신의 직업을 단순한 돈벌이 수단으로 생각하는 것이 아니라
고객들에게 행복을 주는 것이 그분의 진정한 직업이었습니다.
연세가 지긋하신 그분의 얼굴에서 진정한 프로의 모습을 볼 수
있었습니다.

사람을 즐겁게 하면 사람들은 또 찾습니다.
유머속에 한 차원높은 고객만족과 고객감탄이 있습니다.

행복의 물줄기를 끌어오라

얼마 전 부산 북구청 구민아카데미에서

유머특강을 끝내고 나오는데

한 여성분이 슬며시 오더니 이렇게 말합니다.

"소장님 고마웠어요. 정말 많이 웃고 감동을 먹었습니다.

　사실 제가 눈이 너무 작아서 고민이었는데

　요즘에는 이렇게 말했더니 고민이 사라졌어요."

"어떻게 말씀하시는데요?"

"네. 저는 눈이 작습니다.

그래서 남들보다 자세히 세밀하게 정밀하게 봅니다라고 말합니다.

그리고 눈은 작지만 마음은 큰 여자입니다.

그럼 재미있는 유머가 아닌데도 사람들이 웃어줍니다.

이제는 눈 작은 것이 고민이 아니라 오히려 큰 재미입니다. 호호"

세상은 가지고 있는 것 자체를 축복이라 생각하는 사람이 있는 반면

가지고 있는 것이 남들보다 못하다고 불평하고 저주라 생각하는

사람이 있습니다.

축복은 누구와 친하고 싶을까요?

축복은 누구에게 자기가 가지고 있는 모든 복을 쏟아주고

싶을까요?

그래요. 쉽죠? 조금 더 긍정적으로 생각하고, 한번 더 웃는 것.

그것이 바로 축복의 강에서 행복물줄기를 끌어오는 가장 쉬운 방법입니다. 하하하

.72.

긍정의 똥파리!

초원의 왕인 사자는 일단 먹이를 먹으면
채울 수 있을 때까지 위를 가득 채운다고 합니다.
그리고는 소화가 될 때까지 몇날며칠이고 잠에 빠지거나
늘어지게 휴식을 취합니다.

사람도 그렇듯이 사자도 잔뜩 먹고 자게 되면 소화불량으로
나중에 치명적인 병에 걸려 죽게 됩니다.
하지만 사자는 소화불량에 걸리지 않습니다.

그럼 왜 사자는 소화불량에 걸리지 않을까요?
바로 똥파리덕분입니다.

똥파리는 사자가 쉬거나 잠을 잘 때
머리, 귀, 등, 다리, 배 등 여기저기 달라붙어 피를 빱니다.
그럼 사자는 자면서도 본능적으로 온몸과 다리, 꼬리를
끊임없이 움직이면서 운동을 하게 되며, 소화까지 원활하게
됩니다.

똥파리는 사자의 무료 헬스트레이너인 셈입니다.
똥파리는 사자에게 생명의 은인인 셈입니다.

저는 이제 똥파리 이야기를 마지막으로 이 책을 마무리할까 합니다.
이 책의 모든 이야기가
만물의 영장인 여러분이 진정한 주인공이자

최고로 살아갈 수 있도록 돕는 지팡이 역할이 되었길 빕니다.

나아가 이 책이 여러분 안에서 잠자는 무한긍정을 깨우고
최고의 인생을 살아가도록 돕는 긍정똥파리 역할을 했으면
좋겠습니다.

늘 어제 보다 오늘이 더 즐거운 인생되세요.